冯积岐 著

小说的艺术

作家出版社
全国百佳出版社

序

《小说的艺术》是一部有关小说创作的随笔。什么是小说？每个作家有自己不同的理解。巴尔扎克说，小说是一个民族的秘史。福克纳则认为，小说是用来揭示人类心灵最隐秘之处的。当然，小说作为文学艺术，是有严格的评判标准的。评判一部小说的标准，我认为，不出其右的只能在两个范畴内考量：一是小说主题论，也就是小说的思想含量。我所说的思想是指作者的作品对时代、现实、人生、人性的认知程度。二是小说本体论。本体论包括作品的结构、叙述、角度、时间、空间等诸多方面。如果作者的小说在主题论方面有独到的见解，深刻的认知，在本体论方面有新的探索和贡献，无疑就是好作品。

这部《小说的艺术》，是我阅读古今中外经典小说，并结合自己的小说创作的体验，从文学本体论的十一个方面，整理出的笔记。文学本体论不止这十一个方面，还有象征、暗示、内心独白、意识流和非理性的梦幻、潜意识等诸多方面，许多作家评论家都曾进行过研究探讨。

文学本体论诸多方面，也就是小说形式的诸多方面。我以为，形式和内容不可分割。形式是内容的一部分。形式就是艺术，艺术因形式而存在。在我创作小说的四十年间，一直没有放弃对形式的探讨和追求。

《小说的艺术》只是我个人对小说艺术的探求和理解，属于个体的经验。这些经验，来自我对古今中外文学经典的涉猎，来自我的创作实践。它不是一部纯粹的理论著作。我只是站在作家的角度来言说小说艺术。好的作家，都坚守着自己的艺术美学观，根据自己对小说的理解，写出属于自己的小说。我是以自己对小说的理解，来研究分析我阅读过和创作的小说的。我希望这部《小说的艺术》能对小说爱好者和年轻的小说创作者有所帮助。古今中外的小说艺术丰富而灿烂，研究分析经典作品，从中汲取有益的营养，对于小说爱好者和小说创作者来说，是一件极其有价值的事情，因此，我乐意也有兴趣来做这件事情。

目录

第一章　时间

小说和诗歌、戏剧一样，其本意在于传达作者对人生、人性、时代、现实的认知，传达作者的生活体验、生命体验。但是，小说不同于诗歌和戏剧的地方在于，它侧重在时间流动中展现人生的经验，叙述人生的历程，剖析人物的心理，塑造人物形象。小说以时间为轴心，特别注重情节的进展过程，特别注重在特定的时间内人物做什么、怎么做，这就引入了小说有关时间的问题。

就一部小说而言，小说本身含有三种时间，一种是小说的进行时——我们常说的现在时，也是作者叙述的时间；二是小说内所涉及的时间——主要是过去时；还有一种是将来时。加西亚·马尔克斯的长篇小说《百年孤独》开篇第一句，就用了将来时：

许多年以后，面对行刑队，奥雷里亚诺·布恩迪亚上校将会回想起父亲带他去见识冰块的那个遥远的下午。

“许多年以后”，就是将来时。一些后现代主义小说和科幻小说中，常常运用将来时。

中国的传统小说沿用古代说书人的方法——且听下回分解，大都是顺时序叙述，也就是说，从清晨叙述到中午，再到下午；从春天叙述到夏天，再到秋冬。一天又一天，一月又一月，一年又一年，有条不紊，一丝不乱。作者的叙述时和小说的进行时几乎是同步的，比如《红楼梦》，从荣府、宁府的极盛写到极衰，时间是一条长长的线上的一个连一个的结，这个结，如同出家人手中的念珠，一个紧挨一个，而且，时间随着空间而流动，空间在时间的流动中变化。比如《金瓶梅》从西门庆年轻时写到中年以后死亡，短暂的一生中历经了那么多生死荣辱，但都没有脱离时间这个轴心，书中每个人的命运都拴在顺时序的时间链条上。长篇是这样，短篇也是这样，《聊斋志异》中的每一篇写某年某月某时的小说，时间从不颠倒，很少有穿插。

中国当代作家对小说时间的处理——尤其是在长篇小说的叙述中，不少作家依旧沿用传统小说对时间的处理方式，顺时序叙述。比如路遥的《平凡的世界》，从一九七五年写到了改革开放初期的八十年代，作者的叙述时和小说的进行时几乎是一致的。陈忠实的《白鹿原》也是这样，作者从白嘉轩、鹿子霖等主要人物年轻时一直写到了中年、老年，时间跨度几十年，中国近代史上每个时间段的重大历史事件，比如辛亥革命、北伐战争、抗日战争等都和人物命运相关联，跌宕起伏的情节，人物的悲欢离合、起伏沉沦，按照时间的推进来叙述。柳青的《创业史》也是顺时序的叙述。但柳青在时间的处理上很有技巧，《创业史》中涉及的时间长达半个世纪，可是，小说的进行时很短，只是从谷雨前后写到了初夏时节，仅仅一两个月时间。由于作者采用了倒叙、插叙，使时间自由流动转换，梁三老汉、富农姚士杰、郭世富、郭振山的一生以及他们父辈的人生历程得到了充分的展示，从而揭示了人物性格的各个侧面。柳青对时间处理的技巧，一是把过去时融入进行时之中，二是把主要情节浓缩在很短的时间内，让时间停顿下来，耐心而细致地叙述。试想，柳青如果一味地采用顺时序叙述，恐怕要从梁三老汉、郭世富、姚士杰等人的父辈或祖辈写起，小说的进行时要长达百年之久，这样，小说将显得松散、臃肿、无味。小说家对时间的处理，也是结构小说的内容。

顺时序叙述的优势是，故事脉络清晰，情节进展有序，人物成长历程清楚、阅读障碍较少。在顺时序叙述中，时间是推手，时间推动情节演进，尤其是长篇小说的情节，不能长久地停留在一个时间段，情节的演进也使情节不断变换，人物的性格随着情节的变化而呈现出多样性、复杂性。顺时序叙述最容易陷入“流水账”式的危险境地，容易使叙述难以从平淡中自拔，容易使读者疲劳。要采用顺时序叙述的方式完成一部小说，必须要有完美而智慧的结构，要有深厚的叙述功力，要有动人的情节和惊人的细节。

在世界文学史上，十九世纪许多伟大的小说大都是采用顺时序叙述的，比如《安娜·卡列尼娜》《包法利夫人》《红与黑》等等。这些顺时序叙述的小说并没有弱化小说的思想深度，也没有影响小说对人物典型性格的塑造。毕竟叙述时间不是小说成败的主要因素。

可是，时间影响着小说的结构，影响着小说的叙述速度，影响着小说的长度、广度和深度。因此，好的小说家在处理小说时间问题上是慎重而用心的。

长篇小说和中短篇小说对时间的处理是有所区别的，那些史诗性的、有长度、有密度、有厚度的长篇小说大都进行时比较长，比如高尔斯华绥的《福尔赛世家》、雨果的《悲惨世界》、肖洛霍夫的《静静的顿河》等等。当然，也有例外，乔伊斯的《尤利西斯》翻译为汉字，有上百万字，作品中涉及的时间长达几十年，而进行时只有二十四个小时。海明威的《丧钟为谁而鸣》是写西班牙战争的一部长篇小说，四十多万字的长篇小说进行时只有三天（一九三七年五月一个星期六的下午到星期二上午），海明威写一个叫罗伯特·乔丹的美国志愿者深入到敌后和游击队取得联系去炸毁一座铁桥。作者紧紧围绕罗伯特去炸铁桥展开故事，叙述紧凑、紧张，叙述中涉及的时间长达几十年。由于作者采取的是内心独白、意识流等现代主义的手法，罗伯特和其他几个主要人物的人生历程通过人物的意识流动，通过电影艺术中的“闪回”或“闪前”的方式，在罗伯特炸桥的三天之内进行了恰如其分的叙述。同样，福克纳的长篇小说《我弥留之际》进行时只有七天，小说叙述了一个叫安斯·本德仑的农民在妻子艾迪·本德伦去世之后，按照妻子的遗嘱，将她运送到四十英里以外的娘家墓地去安葬的故事。安斯和儿女们一路上经过艰难跋涉，终于到了目的地。由于福克纳采取的是内心独白，各说各话的叙述方式，压缩了空间，节省了时间，使进行时大大缩短。在运送艾迪·本德伦的七天中，人物各自的性格、内心的隐秘之处，福克纳一丝不苟地剖析，使家庭成员中每个人的欲望念想袒露无遗。福克纳通过一家人运送艾迪·本德伦苦难历程的叙述，完成了人们在历经各种灾难的过程中所受的生存能力的考验，展示了人性的缺陷和美好。

陀思妥耶夫斯基的作品在空间中观察和思考这个世界。陀思妥耶夫斯基的小说，没有过去时、将来时，只有进行时、现在时。他的主人公不进行回忆，他们不存在过去的生活、过去的体验。无论是《罪与罚》中的拉斯柯尼科夫举起斧子砍死放高利贷的姐妹俩，还是《白痴》中梅什金、罗戈任、娜斯塔西亚之间的情感纠葛，都发生在“现在”，都是在进行时中完成的。主人公的所有行为都是当前的，作品中的时间只能限定在进行时中。因为在陀思妥耶夫斯基看来，在永恒中，一切都是同时的，一切都是共存的，以前（过去时）或者将来（将来时）都是非本质的，不能进入他的视野。

普鲁斯特的《追忆似水年华》对时间有自己独特的理解方式。明明是一部回忆录，是过去时的书写，而普鲁斯特却在作品中极力“消灭”时间，将过去时和现在时融为一体，使读者感受到的是当下，是现在时，而不是过去时的回忆。比如在第一章《在斯万家那边》写他儿童时期喝热茶吃点心，作者主要写出了他的感觉，而有意识地忽略了哪年哪月哪日的时间。到了最后一章《重现的时光》中，他重提这件事，他把二十年前的事和当下的事重叠在了一起，呈现的只是现在时。在普鲁斯特看来，人的一生，无论哪个时间段的生活都是生活，不需要用时间划段。阅读《追忆似水年华》，读者会跟着作者一起模糊了时间，无论发生在什么时间段的事情，都是当下的事情。因此，小说中时间的设定，也是作者艺术美学观的一部分，作者的艺术美学观决定了他对时间的认知和设定。

在对小说时间的处理上，长篇小说和短篇小说是大不一样的。短篇小说要做到篇幅短、容量大、分量重，就必须做到进行时短，空间变化少，这样，才可避免结构松散，冗长繁杂。

在世界文学史上，许多短篇小说大师的短篇小说中的时间大都是现在时，没有过去时，而且，现在时被压缩得很短。伊塔洛·卡尔维诺在他的短篇小说中常常展示的是现在时的几个画面，展示的是现在时发生的故事，笔触直抵人物内心深处，将人物的心理剖析得十分透彻。比如卡尔维诺的短篇小说《一个士兵的奇遇》，其时间只是限定在火车几站路的行程。在一列火车的车厢里，步兵托马格拉的座位正好和连姓名都不知道的一个四十岁上下的女人紧挨在一起，托马格拉被女人结实丰满的身体所吸引，在几站路的行程中，他先是将自己的腿靠住女人，然后，试探性地一点一点进攻，直至将手伸进女人的衣服下面。女人并没有使这个士兵难堪，默不作声地配合了这个士兵。在这一段行程中，卡尔维诺捕捉住了托马格拉的心理，充分地揭示和剖析。面对士兵的无礼和放肆，乃至侵犯，女人却一语未言。女人为什么要这样，卡尔维诺一句也没有写。行程就要结束了，这个士兵自言自语：

> 您看，您一直都很迁就我，因为您以为，像我这样，既孤单又可怜的士兵，对爱情有着长远的需要，可您看我就是这么一个人，我是如何接受了您的好意，这下，我不可思议的野心都到了这样的地步。

在短短的几个小时的行程中，卡尔维诺写出了一个士兵的焦虑、渴望、欲念乃至恐惧，写出了他的性心理，写出了他对异性的向往。虽然，这个女人通篇没说一句话，始终从容淡定，不卑不亢，作者展示给读者的是，这个女人的宽容、大度、善良和善解人意的美好人性。同样，《一个职员的奇遇》也是发生在现在时的故事，而且，故事的进行时仅仅几个小时。职员恩里科·涅伊“和一个美丽的女士共度一夜”。卡尔维诺没有写和恩里科共度一夜的女士是怎么样一个女人，女人没有面目，没有职业，没有年龄，只是一个性符号。恩里科·涅伊是怎么和女人共度一夜的，为什么他会和这个女人共度一夜，他们是什么关系，这些属于过去时的故事，卡尔维诺省略了，统统没有讲述。他只是从恩里科·涅伊从女人的住所里出来的清早写起，写这个职员吃早餐，买报纸，刮胡子，以及遇见一个同学的过程；写在这个过程中，这个职员是如何炫耀他的一夜艳遇的；写他上班之后，依旧沉浸在前一夜的艳遇中的愉快和试图在同事面前炫耀的心理。直至他被上司传唤，将被开除，才使他兴奋的情绪一落千丈。从清早起来，到上班，几个小时内，职员恩里科·涅伊的人生有了大起大落。就在几个小时的进行时内，卡尔维诺成功地刻画了一个虚伪、虚荣、猥琐、可怜的小职员的形象。从恩里科·涅伊走进女人的房间约会，到他失去工作后面临的苦恼，至少有一天一夜。为什么卡尔维诺掐断了两头的时间，将叙述时间只浓缩在清早一两个小时？因为卡尔维诺掐出来的时间不只是人物生命的节点，这一两个小时足以传达这个小职员的心理状态和命运的跌宕。他笔下的时间，是小说中不可忽视的内容，是为他的小说主题服务的“工具”。

短篇小说大师胡安·鲁尔福的所有短篇小说进行时都很短。短篇小说《那个人》的进行时也是仅仅几个小时，小说中的“那个人”无名无姓，他杀了人，被追捕。胡安·鲁尔福只是叙述了“那个人”被追捕的过程，以及追捕者追捕到“那个人”以后，“那个人”被枪杀的过程。在这个短篇中也有过去时，只是过去时是通过“那个人”的内心独白，或者意识流展示出来的，从而使过去时发生的事情，以现在时的形态展示，也就是说，过去时的情节用现在时完成了。胡安·鲁尔福将过去时转换为现在时，使读者有了现场感、亲临感。

詹姆斯·乔伊斯的短篇小说《伊芙琳》进行时也很短。十九岁的少女伊芙琳准备和她的恋人弗兰克乘船出走，可是，当两个人买好了船票，到了码头，在人潮涌动中，弗兰克上了船，而伊芙琳却留在了码头，没有上船。虽然，乔伊斯没有采用心理小说的写法，剖析伊芙琳的心理，但是，通过小说的铺垫和几个细节的描写，可以看出，伊芙琳在亲情和爱情之间的犹豫，结果，带来了很痛心的遗憾。乔伊斯把握住了爱情的曲折和非理性，也可以概括为爱情的不确定性。在这个只有五六千字的短篇小说中，乔伊斯将过去时融到了进行时之中，只呈现了一个画面。这个画面中留下的空白，蕴含着许多未知的东西，使小说逸散着一种伤感的情调。

海明威的短篇小说《白象似的群山》几乎全篇都是对话。海明威冷静地讲述了一个年轻男人领着情人去做人流，在路边的冷饮店喝了一杯饮料，说了几句话。男人只是对年轻的女人说，眼前的山像一只白象。小说没有什么故事可言，进行时只有这对情侣在路边冷饮店前的那一刻，进行时很短。这个短篇依旧延续了海明威的硬汉主题。在当时的美国，堕胎是违法的，男人领着情人去堕胎，应该不是去正规医院，因此，男人几次说山像白象，只不过是为了分散女人恐惧的心理，使情人的情绪和注意力有所转移，以至平静下来，从容地面对堕胎可能引起的对生命的威胁。在这个短篇中，海明威并没有直接写出年轻女人要去堕胎，也没有直接剖析出女人的恐惧心理。两个人的心理状态是在看似闲谈的对话中和一举一动中表述出来的。海明威在小说中留下了不少空白，由读者去填充——这就是评论家概括的“冰山理论”。其小说内涵，七分在水下面，只有三分露出了水面。

海明威的《印第安人营地》叙述一个叫尼克的小孩子跟做医生的父亲到印第安人居住地给一个孕妇接生，尼克目睹的不只是女人生孩子的受罪过程，他所目睹的简直是一场生与死的较量。当女人生下孩子之后，女人的丈夫——睡在上铺的那个男人割断喉管自杀了。在女人生孩子的过程中，尼克听到了什么、看到了什么、感受到了什么，海明威一句也没有写。孩子视觉里的景象，孩子的全部感受浓缩在那个女人的丈夫割喉自杀中了。小说的进行时只有一个夜晚，就是尼克的父亲给女人接生的全过程。海明威并没有写睡在上铺的男人是如何忍受女人生孩子的痛苦，如何在女人的痛苦中煎熬，如何忍无可忍而割喉自杀的。海明威用一个细节概括了：等尼克的父亲给女人接生完毕，从丈夫睡的上铺向下滴血。海明威留下的这些空白处使人惊骇。从丈夫的自杀中可以看出，这对夫妻有多么恩爱；可以看出，生孩子对一个女人的折磨有多么残酷；可以看出，这个场面，对尼克以后的成长会有多大的影响。海明威从司空见惯的事情中开掘出了深刻的主题。这种深刻的主题是在进行时很短的故事中完成的。这就是一个伟大的小说家的本领。

当然，有些大师的短篇小说，涉及的时间很长，一生或半世。福克纳的短篇小说《纪念爱米丽的一朵玫瑰花》，写了爱米丽小姐的大半生，从爱米丽小姐的离世开头，结尾又回到了爱米丽小姐的离世。爱米丽小姐一生的故事浓缩在离世后的那一刻，所以，进行时并不长。福克纳没有顺时序地叙述爱米丽小姐一生的故事，只是简短地叙述了爱米丽小姐一生中的几个情节和细节，而且是暗示性地叙述。没有铺排和渲染，没有让情节淹没他的暗示。在叙述的时候，福克纳按住了时间，让时间停顿了下来，也可以说是消弭了时间，模糊了时间，使过去时成了进行时的一部分。这样，爱米丽小姐一生的几个片段如同珠子一样，串在一起，镶在她离世后，小镇上的人们走进她的居所地的很短的时间内。福克纳的笔力没用在小说故事上，而在故事以外。

用短篇小说叙述人物的一生，是有难度的。因为一不小心，就会被时间牵着走，让时间冲淡情节，使作品变得很松散，成为记录人物一生的“流水账”。

鲁迅先生的《祝福》是写祥林嫂一生的短篇小说。因为鲁迅先生采用了第一人称“我”这个角度，祥林嫂的一生的跌宕起伏圈定在“我”的视觉和他人给“我”叙述的祥林嫂的故事中，这样一来，使过去时变为现在时，避免了顺时序那种长时间的叙述。先生只是叙述了“我”看到的，或听到的祥林嫂一生中的几个关键节点，这样，既节省了篇幅，又表述了先生的创作意图，成功地塑造了祥林嫂这个独特的形象。如果顺时序地叙述，从祥林嫂的青年叙述到中年，再到老年，是一个短篇小说无法容纳的。

以长篇小说《了不起的盖茨比》而走上文坛的美国小说家菲茨杰拉德的短篇小说《本杰明·巴顿奇事》对时间的处理很奇特，他将一个人的一生的故事倒着叙述。也就是说，时间是逆行的。小说讲述罗杰·巴顿先生的太太产下了一个婴儿，这个婴儿刚生下来时，就像七十岁，头发胡须全白了。随着时间的推移，这个婴儿的身体却在从老年变为中年，由中年变为青年，以至由青年而回转到儿童。他是一个逆时间生长的人物，父母亲和他周围的人一年又一年地变老，而他却一年又一年地变年轻，时间的逆转，人物的逆时间生长，象征着一个时代的荒诞，象征着人生的荒诞。菲茨杰拉德如此安排时间，“使用”时间，是他重新给时间赋予了意义，时间担负着小说主题的一部分，时间不仅仅是小说本体论的内容，时间也是小说主题论的内容。

弗吉尼亚·伍尔芙的短篇小说《墙上的斑点》中，似乎看不到进行时，作者一开篇就叙述道：

> 我初次看到墙上的那个斑点差不多是在今年一月中旬，至于具体是在哪一天，我想我还得回忆当时看见了些什么。

接下来，作者的叙述一直没有离开墙上的斑点，由此展开了充分的想象，做出了多种设想，直到发觉墙上的斑点原来是一只蜗牛。作者的想象是飞扬的，在作者的想象中，墙上的斑点被反复叙述，而叙述中的进行时却是停止的。作者让时间停顿下来，是有意识地忽略时间，在空间中完成其创作意图。伍尔芙是得心应手地运用意识流的小说大师，时间在她的意识流小说中被玩得滴溜溜转。因此，她更注重空间，她的小说大多是在空间中完成其意图的。

第二章　空间

随着时间而来的是空间。空间就是小说故事发生的地点，是人物活动的场所。空间和时间一样，是小说艺术中的一个重要环节，在小说本体论中占有不可或缺的席位。

十九世纪的小说大师们对小说故事发生的时间和地点，力求真实、确切。巴尔扎克的小说中，对每一条街道在什么位置，每一座房屋是什么样的建筑，每个桌椅是什么木头做成的，都很真实地固定在了纸上。雨果笔下的巴黎圣母院，《悲惨世界》中的石头建筑的府邸，都和原型相差无几。司汤达在《红与黑》中，一开篇就介绍了故事发生的地点——一座小城。

维立叶尔小城可算是法朗士——扎德省里最

美丽的城市当中的一个了。它的白色的房屋，有着红瓦盖成的尖尖的屋顶，疏疏密密，排列在一个山坡的斜面上，曲折蜿蜒的地方，却被一丛丛茁壮的栗树衬托出来。杜伯河在旧堡寨的下面，约有数百步的地方流着，这旧堡寨是从前西班牙人建造的，至今只剩下断瓦颓垣了。

据考证，司汤达描绘的这个小城、这条河流都是真实存在的。虽然不是照相似的挪到纸上，是作者的艺术产品，但是，基本面貌有迹可循，不是作者虚构的。

到了二十世纪，一些作家依旧遵循十九世纪作家们的传统，力求空间的真实。肖洛霍夫的长篇小说《静静的顿河》第一章开篇就是空间的描述，作者对顿河沿岸房屋、院落的位置、一景一物做了详尽的记录。

麦列霍夫家的院子，就坐落在村庄的尽头。牲口院子的小门正对着北方的顿河。在许多生满青苔的浅绿色古灰岩块中间，有一道陡斜的、漫长的土坡，这就是堤岸；堤岸上面散布着一堆一堆的珍珠母一般的贝壳；灰色的、曲折的鹅卵石河岸被波浪用力拍打着；再向前去，就是顿河的急流被风吹起的蓝色的波纹，慢慢翻滚着。东面，在当作场院篱笆用的红柳树的外面，是“将军大道”，道边有

> 一丛一丛的白色艾蒿，被马蹄踩踏过的、生命力很强的褐色杂草；十字路口有一座小教堂；教堂的后面，是被流动的蜃气笼罩着的草原。南面，是白灰色的起伏的山脉。西面，是一条穿过广场、直通到河边草地去的街道。

肖洛霍夫之所以如此耐心、细致地描绘这个场景，是因为，这里是主人公葛里高利一家几代人以及阿克西妮亚、娜塔莉亚、司契潘等作品中的主要人物生活的地方，是他们性格初步形成的地方，是他们用不幸、苦难浇灌过的光荣的土地，是《静静的顿河》的故事诞生的源头。作为这部史诗般的小说的空间，是作品中不可或缺的。肖洛霍夫对空间的描绘和巴尔扎克、雨果等十九世纪作家笔下对空间的展示不同之处在于：肖洛霍夫的描绘有情感、有温度、有色彩；而十九世纪的大师包括巴尔扎克等作家在内，对空间的展示仿佛只是说明书，只是故事发生的场地，只是对艺术真实的表达和强调，却缺少鲜活的生命力和应该赋予的多义性。

福克纳笔下的约克纳帕塔法县杰弗生镇纯粹是虚构的，为此，福克纳还画了一张地图，标示出县、镇的具体位置，以示“真实”。福克纳小说中的故事，大都和这个县这个镇有关。福克纳虚构的约克纳帕塔法县杰弗生镇是美国南方的写照和象征，它代表着美国南方的焦虑、痛苦、困惑、不幸、缺憾和同情、自豪、怜悯、尊严、理想、荣耀。这块土地是福克纳的自信、骄傲和人类将“永垂不朽”的寄托。它和十九世纪的大师们笔下的空间所赋予的内容意义大不一样。福克纳笔下虚构的这个县、这个镇无法在美国版图上找到，它的真实是对艺术真实的阐述。福克纳给虚构的空间以丰富的内涵和外延。这个空间，是小说中的一根梁柱，抽去它，作品就会倾斜或坍塌。这块土地上诞生的每一个故事都和福克纳的生命息息相关，都是福克纳体验、概括的艺术结晶。这块土地上的每一个人物福克纳都是熟稔的，福克纳赋予了他们性格、命运、生命。他们也是福克纳的命运、性格、生命的另一种版本。马尔克斯在《百年孤独》中虚构的马孔多镇，是一个时代的侧影，是一块夸张、荒诞而充满神秘、神奇的土地。马孔多镇概括了百年美洲。马孔多的战争、瘟疫、饥饿和荒诞不经是百年美洲的缩写。马孔多镇是孤独的符号。马孔多镇和约克纳帕塔法县杰弗生镇不只是故事发生的地方，不只是人物活动的场所，它们有诸多相似之处，相似之处在于：它们不只是空间，两位大师虚构的土地上承载着作者赋予的空间以外的意义。而萨拉马戈在《修道院纪事》中所描绘的罗马圣伯多禄大教堂也是虚构的，和福克纳、马尔克斯所虚构的空间不同的是，萨拉马戈作品中的空间，不是实指，而是具有象征性或隐喻性。比如萨拉马戈的长篇《失明症漫记》中的精神病院；《洞穴》中那个十分神秘的所谓的“中心”；《死亡间隙》中的养老院；《石筏》中脱离欧洲的半岛等空间，或象征着荒诞之地、野蛮之处和难以控制的力量；或暗示权力的傲慢和任性；或暗示人类的不可救药和面临的灾难。而且这些空间并不起眼，仿佛只是科幻大片中的一个镜头。对于萨拉马戈来说，圣伯多禄大教堂以及作品中整个空间只是传达他对人生、对世界认知的一条途径。萨拉马戈赋予这座大教堂的是不可动摇的信仰，是尘世上的俗人们隐居在此、自由自在的生活之地，是灵魂寄托之处。

无论对于现实主义还是现代主义作家来说，空间（场景）是小说内容不可或缺或分割的一部分。现实主义作家对空间讲求的是地理位置上的真实，而现代主义作家并没有放弃真实，他们虚构的空间，其真实性在于，能够构建他们对生活、生命的体验和对这个世界的认知，以及一些超验性的感受。

和长篇小说不同，中短篇小说的空间——故事发生的场地，大都是作家虚构的，他们不是不讲求真实性，恰恰相反，这些虚构的空间不但具有艺术的真实性，而且，现代主义的作家们，给他们虚构的空间赋予了和小说内容相关联的意义。阿根廷作家科塔萨尔的《南方高速》中的那条高速公路，既是一条实实在在的高速公路，也是当代人困惑、焦虑，乃至恐惧的麻烦之地；也可以说这条高速公路是扼杀当代人的精神之剑，人们不仅拥堵在了这条高速公路上，而且，这条高速公路扼制、扼杀、控制他们蓬勃的生命力；因为这条高速公路使困在路上的人们精神萎靡，激情损减，疲惫不堪，甚至付出了生命代价。卡夫卡在短篇小说《乡村医生》中所构建的冬夜、猪圈等空间更是荒诞世界的象征。布鲁诺·舒尔茨和卡夫卡有相同之处，但又有明显的区别。他笔下的空间看似柔和，甚至不失美感，比如他写小镇——

> 我们的小镇在没完没了的黄昏与灰暗中已经沉浸了一段时间，周边阴霾突降，四处落满毛茸茸的霉菌，地上长着乏味的铁色青苔。

比如他写一只篮子——

> 她的篮子流溢着色彩缤纷的阳光之美——琼浆欲滴的红草莓表皮晶莹剔透，神秘的黑色樱桃散发出来的香气比品尝时更沁人心脾，饱含着金色果浆的杏子生长在那个漫长的午后的果核上。

一个城市，一个冬夜，在他的笔下是这样的：

> 在冬季最短暂和让人昏昏欲睡的那些日子里，在锅垢般的夜幕和黄昏的首尾，当城市越深地淹没于冬夜的迷宫中的时候，当城市被短暂的透明不情愿地摇醒的时候，父亲已经魂不守舍，把自己出卖给另一个世界并且沉溺其中了。

舒尔茨笔下的大教堂是这样的：

> 漆黑的大教堂、布满肋骨似的椽子、梁和横梁——黑黢黢的像冬天的阵风的肺。

在舒尔茨看似柔软的空间中，渗透着令人感到伤心、寒心乃至恐惧、战栗的感觉，人们生存的空间和卡夫卡在《审判》中所描述的被审判之地没有什么两样，这样的空间比卡尔维诺笔下的高速公路更恐怖。“漫长的午后”“昏昏欲睡的那些日子”“漆黑的大教堂”，作者所感受的每一个空间都是冰冰凉凉，让人觉得十分压抑，必须逃脱。麦卡勒斯在《伤心咖啡馆之歌》中所构建的那个咖啡馆，不只是艾米莉亚小姐的经营场所，在这个空间里——故事发生的场地，演绎着艾米莉亚小姐和罗锅、马文·马西的情感纠葛；咖啡馆仿佛一个任性的水壶，将清水浊水收入其中，将善恶、美丑、爱恨收入一壶。它既是伤心咖啡馆，又是上演荒唐的爱情之地。麦卡勒斯给予了这个咖啡馆多重的意味。它之所以叫“伤心咖啡馆”，它的伤心之处在于，艾米莉亚和马文·马西以及罗锅的感情纠葛中，有阴谋，有伤害，有背叛，却少了一份坦诚和真诚。作为现实主义的作家，马拉默德短篇小说的空间虽然是虚构的，但都是实写，比如《杂货店》中的杂货店，《银冠》中的银冠和牧师父女俩破败不堪的住所是实实在在的。故事发生的空间——场景没有象征和暗示，这些空间都和人物的性格、命运紧紧相连，是人物表演的舞台。马拉默德对空间的构建是精心的细致的，他搭建的舞台，没有瑕疵。马拉默德的目的很明确，搭建这个舞台，只供人物演出。以色列作家奥兹也是这样，他的短篇中的空间，不只是实写，人物一旦进入那个空间，故事如果发生在那个空间，那个空间很少变动。他的短篇小说《亲属》《等待》《陌路》等篇章中的故事都是发生在一个叫作特里宜兰的村子里。《亲属》的故事情节只囿于村外和家中，《等待》的故事也是在村外和家中展开的。奥兹深谙短篇小说之三昧：进行时短，空间转换少。奥兹笔下的特里宜兰村，是纯粹的空间符号，并没有承载历史、文化的内涵。厄普代克、约翰·契弗等短篇小说大师们的婚姻爱情小说的空间几乎都是在一个家庭内部，而且，他们在讲述故事的过程中，往往会让故事停下来，将目光投向空间，从而有意识地使故事的速度缓慢下来，减少读者的紧张感和压迫感。契弗的短篇小说《五点四十八分的慢车》，讲述一个公司的小头目布莱克因为欺骗了一个叫作登特的姑娘，他被登特小姐跟踪，追杀。故事本来很紧张，布莱克上了五点四十八分的慢车回家，登特小姐跟踪而来，在布莱克面临险境的时候，契弗将笔锋转向了空间：

> 他（布莱克）能看到车窗外的河水和天空。雨云就像百叶窗一样翻滚而下，就在他观望的时候，

地平线上一道橘红的亮光变得耀目生辉。直到它以微弱的火光扫过哈得逊河两岸，然后它就灰飞烟灭了。

布莱克目击到的火车窗外的空间，正好是他心情的写照。可是，布莱克想错了，布莱克错误地判断，有人会来救他。因此，他的心情像窗外的天空一样，有“一道橘红的亮光变得耀目生辉”。然而，登特小姐就在他的身后，一把手枪威胁着他的生命。布莱克盼望有人来救他，他之所以将目光投向窗外是自我解压，是为了舒缓自己紧张恐惧的心情，契弗正确地把握着布莱克的心态，他用几笔空间的描写，映现出了此刻布莱克的心理状况。布莱克将目光投向窗外——转换空间，既是他心理解压的方式，也是缓解小说气氛的需要。读者阅读的紧张感，随着空间的转换，得到了释放。短篇小说《疗法》是契弗用第一人称“我”讲述的有关婚姻家庭的故事。夫妻双方的感情出现了裂痕，丈夫在讲述的过程中，闭上眼，看见了一根绞架上垂吊的绳子——

那根绳子像是慢慢地垂吊下来，进入了我的意识。我睁开眼睛，想着明天一早必须要干的工作，可当我再次闭上眼睛，出现了一个短时间的空白，而那根绳子就落入了那段空白——就像是它从一根横梁上被推下来，摇摇摆摆地吊下来。

丈夫眼前出现的这根绳子显然是幻觉。故事发生的空间本来是在房间里，这根绳子的出现不只是填充着空间，表示空间的转换，它象征着丈夫的神情恍惚，精神不安。一种恐惧感俘获了他。他本来就不信任妻子，怀疑妻子有外遇，而绳子从绞刑架上的垂吊也是他预感不祥的暗示。这些小说大师们，珍惜笔下构建的空间，他们不随意构建空间，一旦他们精心构建空间，必然在小说中充分展示着其饱满的意义。

卡夫卡给他所有作品中的空间都赋予了多重的意义：或象征，或荒诞，或暗示，或隐喻，其空间的意义，是作品内容深刻的一部分。比如《城堡》中的城堡，既是实在的，又是虚无的；它是荒诞而绝望的象征。土地测量员 K，付出多大的艰辛，也无法企及这座看得见，又似乎并不存在的城堡。而 K 居住的村庄，既是明朗的，又是捉摸不定的；这个村庄，既像影子，又像牢笼。《审判》中，审判约瑟夫 · K 的那个法庭，仿佛是在地狱里，法庭没有所属，没有名称，那些审判员，可以说是一个政权的打手，也可以说是黑帮的成员。这个法庭（空间）是虚无的，也是实实在在的。《变形记》中，格里高尔 · 萨姆沙睡的那张床，他变成甲虫的房子；《乡村医生》中，跑出了一匹马的猪圈；《饥饿艺术家》中，囚禁艺术家的铁笼子；《地洞》中的地洞，所有这些空间，给读者一种荒诞感，恐怖感，一种既存在又虚无的威胁感。卡夫卡作品中所涉及的这些空间，是国家机器的象征，是权力的隐喻，是荒诞世界里暴力的暗示。每一个空间的设置，都是卡夫卡苦心孤诣构思的。

中国的传统小说，小说中有历史，历史中有小说；三分虚构，七分真实，或者七分真实，三分虚构。传统小说将虚和实结合起来，这就导致了小说对空间真实性的强调。作家有将实事写虚，虚事写实的本事。比如《红楼梦》中的荣府和宁府，《金瓶梅》中的清河县，虽然这都是虚构的空间，由于作者对其中的一草一木，一山一石，一条街道，一座房屋，楼台亭榭，小桥流水都作了精细的描写，读者读起来仿佛觉得那些场景完全是真实的。《三国演义》中的成都、汉中、荆州、五丈原、葫芦峪本来就是实写，是版图上已经早先被命名的地方，故事发生的这些地方（空间）都是真实的，不是虚构的。晚清的《孽海花》是以花榜状元赛金花的艳史为基础而虚构的故事，其中诸多空间，包括庚子赔款这些事件，都是真实的。而《海上花列传》不仅空间是写实的，连语言也是上海的方言。这些作家之所以如此处理空间，是为了向读者表明，小说是真实的，小说中的场景是真实的，人物是真实的，感情是真实的。

小说的舞台不比戏剧的舞台。戏剧的舞台观众一看就知道是搭建的——手中的马鞭一甩动，就是奔跑上百里路的骏马；一张桌子上搭一块布就是高大的城墙。而小说的舞台虽然也是作者搭建的，但是，由于作者的极力营造，极力遮蔽，给每一座城，每一座山，每一条河，每一间房子确定的位置，给读者留下了真实的存在感。在巴尔扎克的笔下，伯爵夫人身上的裙子是某个裁缝某年某月缝制的，都十分明确，因此，极力显示着其真实；现代主义的作家们给虚构的空间以象征性，隐喻性，使空间成为表达主题、塑造人物不可或缺的内容。

虽然，文学史家将中国的中短篇小说的历史和《山海经》《儒林外史》《聊斋志异》联结在一起。实际上，我们的中短篇小说的历史应该从辛亥革命以后开启，我们的白话文小说是一九一九年才起步的。而文言文的短篇小说，是不能和白话文短篇小说等同的。和已经很成熟的契诃夫、莫泊桑、欧·亨利等欧美作家的中短篇小说相比，中国的短篇小说比欧美小说大师的小说晚了好多年。

刚刚萌芽、成长的中国白话小说依旧延续了十九世纪西方小说对空间构建的模式。无论是鲁迅笔下的鲁镇，还是孔乙己喝酒的酒店，无论是郁达夫笔下的主人公常去光顾的妓馆青楼，还是张爱玲描绘的曹七巧的女儿抽大烟的阁楼，大都是虚构的空间，这些空间是人物活动的场所，是故事发生、延续之地。他们笔下的空间只是空间，缺少内涵和外延。唯有沈从文反复描述过的湘西，不只是诞生故事的地方，同时也是一个地域性的文化符号，承载着地域文化的使命。

美国小说家约翰·契弗在接受《巴黎评论》的记者采访时说过：

小说就是个实验的过程；当它不再实验了，它也就不再成其为小说了。一个句子，直到你感觉在此之前从来就没有以这样的方式写下来过，这个句子才算是可以完成了。

一个有责任、有追求的作家，就应该像契弗一样，在小说创作的各个方面进行探索和实验。也许，你的实验在当下并不一定被接受，可是只要你走在一条正路上，你的实验探索终究会被读者认可。如果你的视点是向下的，读者不接受你，是因为你的认知水平低于读者，作品很低下，不被接受是必然的；如果你的视点是向上的，你的认知水平超出了读者，不被读者叫好，也是必然的；如果你的作品，其视点往往是和读者平行的，这种叫好，不会长久，因为这样的作品是平庸的。一个好的作家要拒绝平庸，敢于实验。对于生活，别人还没有认知的那些部分，你认知到了；别人还没有那样写，你那样写了，这才叫实验。正如卡夫卡所说，好的路是一根绳子，是用来绊人的。如果我们一直走在宽阔的大道上，从未体验过绊人的滋味，就只能写出平庸的作品。

第三章 视点和口吻

对于一个作家来说，采取什么样的视点叙述，是一个不可忽视的艺术课题。合理、正确的叙述视点可以使作者顺畅地完成其叙述，而有失偏颇的叙述视点，则会妨碍作者完美地完成他的创作意愿。

中国的四大名著都采取全知全能的第三人称叙述方式，每部作品都是以“他者”的视点来叙述，这个“他者”是和作者平行的。叙述者摆出一副讲故事的架势来，津津有味地讲述。在《红楼梦》中，曹雪芹一开篇采用了贾雨村这个视点，直到第六回，刘姥姥进了大观园，宁府和荣府才通过刘姥姥的视角展开，可以说，刘姥姥这个视点就是《红楼梦》的“眼”，而故事的讲述者依旧是“他者”。大观园中十二个女孩儿的悲剧人生、大观园的由盛到衰，都是“他者”讲述的。同样，《三国演义》中的桃园三结义、温酒斩华雄。《水浒》中的林冲雪夜上梁山、大闹野猪林。《西游记》中的三打白骨精、孙悟空大闹天宫等等故事，都是通过第三人称讲述的。这样的讲述，有利于通过人物动作，通过场景描写，通过人物对话和细节来刻画塑造人物形象。

中国古典小说的第三人称叙述和欧美小说中的第三人称叙述是有区别的，中国古典小说中的叙述者不仅和作者是平行的，而且，叙述者就是作者。叙述者不但对人物的好恶倾向是明朗的，而且，还会站出来对人物进行评价。比如《红楼梦》中，林黛玉第一次见到王熙凤，曹雪芹写道：

> 一语未完，只听后院中有笑语声，说："我来迟了，没得迎接远客！"她一双丹凤三角眼，两弯柳叶吊梢眉，身量苗条，体格风骚，粉面含春威不露，丹唇未启笑先闻。黛玉连忙起身接见，贾母笑道："你不认得她，她是我们这里有名的泼辣货，南京所谓的'辣子'，你只叫她'凤辣子'就是了。"

王熙凤性格中的"辣"是通过王熙凤的言语、动作和贾母的直接表述传达给读者的，这也是曹雪芹对人物的评价。曹雪芹对他笔下的每个人物都有或明朗，或暗示性的评价。

第三人称的叙述是客观的叙述。客观叙述可以做到冷静淡然，不动声色，可以提升作品的深度。但是，中国古典小说的客观叙述不同于欧美小说现代主义作家的客观叙述。欧美现代主义作家的第三人称叙述，不只是具有客观性，不只是冷静地叙述，叙述者对人物不进行评价，叙述者如同电影电视的导演，只在幕后，叙述者对人物也不进行感情认同和道德褒贬。中国传统小说的客观叙述中往往明确地表示对人物的评价，表明了作者的情感取向和道德取向。《三国演义》中的贬曹褒刘的倾向就很明晰。《水浒传》中武松的冷漠狠毒、李逵的残暴凶狠、宋江的阴险无能通过各种情节表述了出来。《红楼梦》中，尽管性关系十分混乱，可是，当傻大姐拾到了一个绣春囊交给邢夫人的时候，邢夫人竟然十分惊慌，吩咐傻大姐不要再言此事。而这个绣春囊不过是绣了一对赤身裸体的男女，比起通奸、爬灰来说，这算什么事？邢夫人的言语、举动极具讽刺意味，深刻地讽刺了这些看似冠冕堂皇的人物的虚伪、丑陋。因此，用什么样的态度、姿态、声调、语气、语言进行客观叙述，对于用全知角度叙述的作者来说，是十分重要的。

有的作者采用的客观叙述方式往往是“拟客观”的。《红楼梦》中，家族的兴衰、宝黛爱情的悲剧和曹雪芹的经历以及情感上的挫折分不开，看似他客观叙述，其反讽的锋芒是藏不住的。

客观叙述既是一个叙述态度问题，也牵扯到叙述口吻问题。客观，其实本身就有一个口吻，这个口吻代表着叙述者的倾向。阅读中国古典小说，就能明显地感觉到，作者在讲述某一个人某一件事的时候，并非持有西方现代派作家的“零感情”“纯粹客观”的态度，而是带有明显的感情倾向。比如《红楼梦》中，刘姥姥一出场，在和贾母的对话中，叙述者就带有对这个乡下女人的嘲讽的口吻，而刘姥姥则是故意装傻卖乖，讨贾母欢心，一副殷勤、献媚的神态。在《三国演义》中，一旦关羽出场，叙述者对他的一举一动，口吻都是褒扬的、夸赞的。

虽然，中国古典小说的叙述视点是第三人称，是“他者”，可是，作者在叙述中，因为对口吻的重视、强调，而使客观性的客观成为一种叙述方式，客观中不失价值判断。

许多评论家认为，西方现代主义的小说寻根求源，应该从福楼拜的《包法利夫人》开始。因为福楼拜的客观叙述，不再像巴尔扎克、狄更斯、雨果那样，在叙述中议论、评判，不再带有作者自己鲜明的情感因素。《包法利夫人》只是客观冷静地叙述，记录情节的进程，让人物在舞台上表演，从而加深了作品的深刻性。《包法利夫人》一开篇，就把叙述视点道明了，其叙述者并非福楼拜本人，其视点是“我们”——

> 我们正在上自习，校长进来了，后面跟着一个没穿制服的新生和一个扛一张大课桌的校工。打瞌睡的同学都惊醒了，大家起立，像是正用功被搅扰了似的。

校长做手势让我们坐下，然后转向班主任，低声对他说："罗杰先生，我给你们带来一个学生，先让他进五年级，学习和操行都好的话，就按年龄，把他编到高年级吧。"

校长带进来的这个新生就是包法利。同样是客观的第三人称叙述，假如福楼拜使用惯常的方法，以作者的口吻站出来叙述少年包法利来到一个学校学习，其效果和采用"我们"的视点会大不一样的。"我们"的视点既是客观的，又点明了、固定了叙述者的身份，这个叙述者就是上课的学生中的一员。同时，由于视点的改变，增加了作品的真实感。这件事，就发生在"我们"中间——包法利来到学校上课，"我们"就是见证者——艺术真实比生活真实更真实。所以说，福楼拜的这个叙述视点是很智慧的。

南非获诺奖的作家库切的长篇小说《夏日》，是其成长三部曲中的一部。在这部小说中，库切设想，他死后，有人给他写传记，由于拿不到第一手材料，就去采访库切生前的情人、表姐和同事。《夏日》记录了采访过程。活着的库切，要给死后的库切写一部传记，这个构思就不一般。作品的视点更是别出心裁——不是库切本人，而是由几个人组成。库切的情人、表姐、同事通过分别回答采访者的提问，用现在时回忆，回答了有关库切的人生历程、人生面貌、行为举止、性格特征以及为人为文。其叙述也打破了以往的自传体小说的写法，将本该第一人称的视点叙述改变了不说，使自传体这种体裁不再是回忆的形式，不再是自传者的第一人称叙述。这种由他者讲述的库切传记，虽然是虚构的，但具有客观性，模拟出了一个人的真实传记。

无论是长篇小说，还是中短篇小说，采取第一人称的视点叙述，也是作者们经常运用的叙述方式。捷克作家赫拉巴尔的长篇小说《我曾侍候过英国国王》就是用第一人称叙述的：

> 请注意，我现在要给诸位讲些什么。我一来到金色布拉格旅馆，我们老板便揪着我的左耳朵说……

小说一开篇，作者就点明其叙述视点是“我”，这个“我”不是赫拉巴尔本人，而是一个侍者，作者用侍者的口吻，侍者的立场、观点来进行叙述。第一人称的叙述，拉近了叙述者和读者的关系，叙述比较自如，叙述者可以坦陈“我”的心理活动，以及对外部世界的体验和理解。第一人称的叙述，其危险性在于，叙述者容易和作者混为一谈。因此，叙述者必须牢牢站稳作者给他分派的人物身份的立场，必须把握好“我”在作品中的位置在什么地方。第一人称的叙述也有很大的局限性，其局限在于，只能通过视觉、听觉来表述我以外的人物的心理状态，而不能像第三人称的叙述者那样，直接地剖析人物的心理活动，用第一人称叙述，只能去揣测、分析人物的心态。当然，这也取决于作者的艺术手段和智慧的高下。美国的小说大师菲茨杰拉德的长篇小说《了不起的盖茨比》是一部用第一人称叙述的另一个范本。作者虽然采取的是“我”的视点，但是，他没有用“我”的视点叙述我的人生历程和体验，而是用“我”的视点来叙述一个叫作盖茨比的故事。要用“我”的视点将他者的心理历程和情感历程和性格面貌写出来，确实是有难度的，而菲茨杰拉德调动了各种艺术手法，把盖茨比这个人物写活了，给世界文学史中增添了一个典型形象。

在西方的经典作家中，也有用“你”这个第二人称的视点进行叙述的。第二人称叙述的灵活性在于，可以轻松地将视点转化为“我”，或者“他”。第二人称的叙述效果其实和第一人称的叙述效果相差无几；第二人称叙述比第一人称更客观一些，更冷静一些；第二人称叙述也是有局限性的，作者的笔触很难深入到人物内心去。但是，作者可以运用内心独白和意识流，呈现人物的心理轨迹。

叙述视点，是作品内容的一个部分，视点的改变，可以使作品的内容有质的变化。

美国的小说大师亨利·詹姆斯有一个短篇小说《梅西想知道什么》，就作品内容而言是司空见惯的，作品讲述的是男女通奸的故事。假如作者用惯常的第三人称叙述，很难写出新意来。作者采用的是女人的女儿的视点：这个未谙男女情事的女孩儿蹲在衣柜中，目睹了、听到了自己的母亲和一个陌生男人通奸的全过程。母亲和陌生男人约会中的对话，他们的一举一动，肯定会影响女孩儿后来的人生。而且，女孩儿的视点，增加了故事的讽刺性，这一男一女的虚伪和心理上的脆弱通过女孩儿的目光展示得淋漓尽致，读者读到的似乎不是一篇虚构的小说，而是女孩儿目光中真实的镜头。这件本来司空见惯的男女通奸，由于叙述视点的改变，叙述口吻的改变，使作品的主题发生了改变——不再是道德审判，或者是对人性缺陷的鞭挞，而是揭示了男女通奸对一个叫梅西的女孩儿的伤害以及成长的影响。

国外的小说大师们非常重视小说的叙述视点，作品究竟采取什么样的视点，是他们经过深思熟虑的。他们根据小说题材，尽量地选择有助于表达主题、塑造人物的视点来叙述。

印度出生的英国作家萨尔曼·拉什迪的长篇小说《午夜之子》的视点是第一人称的“我”，这个“我”是主人公萨里姆·西奈：

> 话说有一天……我出生在孟买市，不，那不行，日期是省不了的——我于一九四七年八月十五日出生在纳里卡尔大夫的产科医院。

作者让主角“我”——一个叫萨里姆·西奈的男人在临

终前给一个叫作博多的女人讲述自己的家史。作者为什么不采用第三人称而要采用第一人称的视点，这是因为作者要使讲述内容和讲述方式相符合。萨里姆·西奈讲述的内容是家族故事及其外延，而讲述方式是印度史诗的方式，是用民间口语讲述故事的，所以，由“我”来讲述，这个视点十分贴切，叙述口吻也合乎讲述的内容。假如用第三人称讲述，也是可以的，但是，第三人称的讲述，缺少亲历感，而且，结构上有难度，因为，这部小说时间跨度长达六十二年，空间变化很大，作品中涉及克什米尔、德里、孟买、巴基斯坦、孟加拉国等地方；作品写到了半个多世纪以来，印度发生的诸多重大历史事件，这些重大的历史事件，都和家族人物的人生息息相关，必须讲述。因此，只有用第一人称的视点来讲述，才会有灵活性，有亲历性的真实感，也不会使作品结构散架或紊乱，同时，第一人称的视点叙述，也缩短了作品的篇幅。

德国获诺奖的作家君特·格拉斯的长篇小说《铁皮鼓》采用的是一个侏儒的叙述视点，令人信服的是，这个侏儒是正常人——能爱能恨，也有性生活；这个侏儒更是一个超人，他无所不能，一声大喊，可以将窗户上的玻璃喊碎。由于既是侏儒，又是超人，作者采取侏儒这个特殊而又典型的人物视点，使作者的叙述灵活自由，侏儒既是作品的主人公，又是叙述者。情节的进程由侏儒掌控，侏儒的言行举动，塑造了他自己的形象。侏儒，既有生理缺陷，又有残疾人的性格特征；而超人，其人格、人性、行为更有异于一般人。作者给侏儒设定的生理缺陷和特异功能决定了他的精神面貌。这个荒唐的人物、荒诞的故事，讽刺了一个不正常的时代面貌，这正是作品的深刻性所在。

福克纳的长篇小说《喧哗与骚动》，其叙述视点不是固定的，而是随着人物意识流动在转换，是多视点的叙述。福克纳让三兄弟班吉、昆丁、杰生用各自的视点讲述了一遍故事。讲述完之后，福克纳又用全知全能的视点，让迪尔西等人讲述完了剩下的故事。兄弟三人所讲述的故事分别发生在一九二八年四月七日、一九一〇年六月二日、一九二八年四月六日，迪尔西讲述的故事发生在一九二八年四月八日。故事的讲述并非按时间顺序排列，如果四个人的讲述按时间顺序排列，应该是一九一〇年六月二日（一）、一九二八年四月六日（二）、一九二八年四月七日（三）、一九二八年四月八日(四)。可是福克纳让三个兄弟讲述之时，却按(三)(一)（二）(四）的时间排列。打乱顺序排列，是视点的需要，叙述口吻的需要，也是故事本身的需要。他的长篇《我弥留之际》其视点是第一人称，采用的也是多人称、多角度的视点。《我弥留之际》好比一曲大合唱，由于视点不停地转换，出场的人物各说各的话，各干各的事，因此，充分地展示了每个人心中的欲望、奥秘，揭示了人性的复杂性。

一个善于讲故事、会讲故事的作者，从开始切入就进行了全盘把控。美国作家克雷格·诺瓦的短篇小说《一个醉赌鬼而已》，一开篇就写道：

> 我晓得的秘密比我见过的任何人都多。我的邻居哈罗·皮尔逊以前是个赌鬼——不过这桩事儿从来不是啥秘密，很多人都知道，就连他后来做议员那阵子，都有不少人知道。

从开篇这句叙述，我们就知道，这是哈罗的邻居讲述的有关哈罗的故事，而且是在老年以后讲述的，也就是说，讲述的是哈罗年轻时的故事——用现在时，讲述过去时。

故事并不复杂。哈罗·皮尔逊有一个家仆叫夏尼，夏尼是一个很不地道的人。他偷来了他效劳的主子皮埃尔的一匹马。这匹马，看起来是一匹好马，血统也纯正。其实，这匹马的脚踝骨裂，是病马，只是看不出来罢了。夏尼将偷来的马给哈罗牵去。两个人合计着去参加赛马，并且押了不少赌注。夏尼给哈罗直言不讳：马是偷的。哈罗担心被主人认出来，就将白马染成了灰黑色。结果，赛马那天，一场雨使马的颜色脱掉。这且不说，因为马的脚踝有病，自然输了这场赌注。哈罗赔得很惨。哈罗气恨不过，开枪打死了这匹马。一心想去巴黎享受美女，一心想赚大钱的夏尼抱头大哭。如讲述者所说，这是很久以前的故事。作者没有选择全知全能的视角讲述这个故事，而是从哈罗的邻居切入，让邻居出面讲述。邻居究竟是什么样的人，作者没有叙述，读者也不需要知道。

故事讲述到最后，读者才会明白，作者之所以从邻居的讲述切入，之所以用这个角度讲述，是因为故事的背后有故事：哈罗赛马失利是明线，还有一条暗线——当赛马结束，皮埃尔出现在赛马场以后，这条暗线才显现。原来，夏尼的马不是偷皮埃尔的，他和皮埃尔勾结在一起欺骗了哈罗，让哈罗在一匹病马上押了赌注而惨败。作者选择了哈罗的邻居讲述，既客观冷静，又像剥葱头一样，一层一层剥开，最终使哈罗的简单、天真、无奈和夏尼的狡猾、奸诈、无耻合情合理地凸显了。

阿根廷的现代主义作家胡里奥·科塔萨尔的短篇小说《科拉小姐》，是讲述有关护士和病人的故事。科拉小姐是一家医院里的护士，在她管护的病人中，有一个叫作保罗的十五岁的男孩子，这个男孩子因为要做阑尾手术而住进了医院。小说没有动人的故事，没有波澜壮阔的情节。小说只是写保罗住院期间，科拉小姐、保罗以及保罗的妈妈等几个人的交流。小说通篇是意识流和内心独白。因为小说情节很简单很日常，小说的叙述方式就成为小说内容的看点。吸引读者的也正是叙述视点的不停转换，而且转换得自然流畅——作者恰如其分地把流动的意识用刀砍断，砍为若干段，分别由几个人讲述，而且衔接得天衣无缝。

在很短的篇幅中，叙述者有科拉小姐、保罗的妈妈、科拉小姐的情人马尔西亚三个人。在视点转换中，这四个人轮流出场，轮流退场。在视点的转换中，不仅自然流畅，而且往往有一个转换的契机，也可以说是转换的“支点”，使读者感觉不到有断裂或者生硬牵强的地方。视点的转换使本来平淡无味的故事欲断未断、跌宕起伏、悬念不断。假如用第一人称或者第三人称一直叙述下去，会使本来就平平淡淡的情节更无聊、枯燥、寡味。

小说一开篇，是用保罗妈妈的视点叙述的：

> 我不明白他们为什么不让我留在医院里陪着宝贝儿过夜，不管怎么说，我是他的妈妈，而且是德·吕希大夫亲自把我们介绍给院长的。……但是有件事可不能忘了，明天上午头一件事就是同德·吕希大夫谈谈，把这个自大的护士丫头弄走。还得看看宝贝儿的毯子盖在身上暖和不暖和，为防万一，我得让他们另外放一条备用。拜托，够了，毯子自然是很暖和的，你们还是赶紧走吧，妈妈把我当成小孩子了，尽让我出洋相。护士肯定会想我连要个东西都不会，妈妈冲她发牢骚的时候，她看我的那种眼神……

这一段的叙述是以保罗妈妈的视角展开的，叙述着，叙述着，视角就转换了：“够了，毯子自然是暖和的，你们还是赶紧走吧，”从这三句开始，已经转换为儿子保罗的视角了。

接下来叙述护士科拉小姐怎么叫保罗填表格，怎么给保罗测脉搏。没有分段，看似同一个人叙述，而且叙述着同一件事情。其实，视角转换了，视角转换的“契机”就是换毯子，而“支点”正是那条“毯子”，那条毯子将母子俩的视角连在了一起，悄然转换。

> 六点半光景，她又来了一趟，推着小车，上面摆满了瓶瓶罐罐，还有药棉什么的，不知为什么我突然有点害怕起来，其实也不是害怕，可我的目光再也离不开那小推车上的东西了，各种各样红的蓝的药瓶子，一卷一卷的纱布，几把镊子，几根橡皮管，他那花里胡哨的鹦鹉似的妈妈没有在身边，这可怜的孩子准是吓坏了，请您上点儿心照顾他，我会感激您的，您要知道我已经和德·吕希大夫谈过了，是，太太，我们会把他当成王子来照顾的。

这一段的开头，是保罗妈妈的视角，其间，视角转换了几次。“他那花里胡哨的鹦鹉似的妈妈没有在身边，”这一句，转换为科拉小姐的视角。接下来，科拉小姐和保罗妈妈的对话，将描写转换为间接叙述，接下来，又变为科拉小姐的叙述。科塔萨尔就是这样有序地、不停地转换着人物的视点，转换着叙述。所以说，这个短篇小说的亮点不在人物塑造上，不在故事的讲述上，而在于叙述方式，包括视点、叙述口吻和叙述角度。这个短篇小说的难点和复杂性就在于叙述，读这篇小说，不是读故事，不是读人物性格，不是读作品的思想性，而是读它的叙述。难怪，马尔克斯、略萨等小说大师对科塔萨尔尊敬有加，钦佩不已，他不愧为“作家中的作家”。

同样，马尔克斯的中短篇小说《事先张扬的一桩凶杀案》《枯枝败叶》《雪地上的血迹》《有人弄乱这些玫瑰》等，都有其特定的叙述视觉。

《枯枝败叶》中，就有上校、上校的女儿和上校的外孙三个叙述视角，这三个叙述人，根据故事情节的发展，转换着叙述视角。作品一开篇是外孙的视点：

> 这是我第一次瞧见死尸。今天是礼拜三，可我总觉得是礼拜天，因为没有上学，妈妈还给我换上了那件有点儿瘦的绿灯芯绒衣服。

接下来，叙述孩子第一次目睹一个逝者的面貌和孩子的感觉。第二节，转换为孩子妈妈的视点：

> 我真不该带孩子来。这种场面对他很不适宜，就连像我这样快三十的人，对这种停尸待殓的压抑气氛，都感到很不舒服。

再接下来，便是孩子们的外祖父——上校的视点：

> 镇长直起腰来，敞着衬衣，满身大汗，表情怪模怪样的，他走过来对我说："那人还没有发臭，我们不能断定他已经死了。"他为自己编造的这套说辞激动得满脸通红。

视点的转换，由作者的客观叙述变为人物的主观叙述。主观叙述，在推进故事进展的同时，展示了人物的所思所想，内心活动。

和叙述视点相关联的就是叙述口吻。当然，这种口吻是多种多样的：大人的口吻、小孩子的口吻、男人的口吻、女人的口吻、傲慢的口吻、自卑的口吻、实在的口吻、虚假的口吻，……叙述口吻不同，叙述效果自然不一样。马尔克斯的短篇小说《有人弄乱这些玫瑰》就是以一个死去的少年的口吻叙述的，小说第一句话是：

> 由于是星期天，而且雨也停了，我更想拿一束玫瑰送到我的坟上去。

可以说，少年亡灵的叙述是灵魂的言说。

这个死去的少年牵挂的是四十年前的"妹妹"——一个身穿深色外套，腿上是粉色长袜的小女孩。四十年后，这个小女孩已经变胖了，变老了，这个小时候和少年一起掏鸟窝的小女孩是少年心中最美好的储存，是他暗藏在心中的初恋。小说通过死去的少年的视点，通过亡灵的口吻，叙述了他和小女孩相处的几个片段，小女孩的形象、一举一动、一言一行以及她的气味都存留在少年的灵魂里。长大后的小女孩坐在摇椅里卖玫瑰，她卖玫瑰时，嘴里说着同一句话："请拿右边的，左边的是献给神灵的。"这个可怜的、孤苦伶仃的女人大半生就以卖玫瑰维持生计，少年的灵魂一直注视着她，一直牵挂着她。小女孩每个星期天去祭坛，她发现，她献的玫瑰花被弄乱了。"每个星期天到他的祭坛上弄乱玫瑰的并不是无形的风。"作品最后一句暗示，弄乱玫瑰花的就是死去的少年。少年的亡灵为什么要弄乱玫瑰花呢？这是一种表示，用弄乱的玫瑰花表示，少年知道献花者是谁；表示当年的小女孩依然存留在少年心中，存留在人的灵魂中。

这个短篇，因为叙述视点，叙述口吻，决定了叙述基调的伤感，小说自始至终笼罩在一种伤感、凄美之中，如一泓清水，渗着凉意，缓缓流动。

第四章　切入点

一篇或一部小说从什么地方切入，这对小说家的艺术功力是严峻的考验。假如切入得太近，不利于故事展开，断了故事前行之路；假如切入得太远，就未免拉长篇幅，使作品结构松散，叙述很难紧凑、精致。一个成熟的小说家，对于作品切入点的把握既是潜意识的，直觉的支配，又要有理性的艺术自觉；这种艺术自觉，也是作者艺术修养的结晶。好的作者，从构思开始就会把握住他要讲述的故事的结构、走向，把握住故事的复杂性乃至危险性。因此，作者必须对故事的切入点找得很准，第一刀下去，就切准要害。

就中短篇小说而言，一般来说，从故事即将结束的时候开始切入。短篇小说的切入点距离故事结束的时间更近一些，而中篇的笔触要比短篇搭得远一些。因为，中篇小说要讲述一段比较完整的故事，一般来说，要从故事的进行中切入。短篇小说则不然，短篇小说一定要从故事即将结束时切入。短篇小说可以只写一头，或写原因，或写结果；短篇小说要留下空白，由读者去填补。就技巧而言，短篇小说要求更高，短篇小说更能显露作者的艺术才华，短篇小说容不得一点瑕疵或缺陷。如果作者找不准短篇小说的切入点，从一开始就失败了。

契诃夫是世界文坛公认的短篇小说大师，可以说，他的许多短篇小说的切入点、视点、结构、叙述无可挑剔。

契诃夫的短篇小说《厨娘出嫁》是讲述一个厨娘的故事。故事开始于厨娘结婚。至于厨娘结婚之前，在厨娘身上发生了什么事情，作者一句都没有写。契诃夫没有直接从厨娘这个主要人物切入，而是由一个小孩子的角度切入：

> 格里夫，一个七岁的小胖子，站在厨房门前，从钥匙眼往里听，往里看。厨房里正在发生一件依他看来很不平常的、他从没有见过的事情。

这个七岁的小胖子和厨娘本人没有多大关系，但是，由于契诃夫从他切入，选择了这么一个特定的角度，读者就可以跟着小孩子一起去听、去看。厨娘的难堪、害羞，厨娘的举动以及其心理状态都是通过七岁小孩子的视觉、听觉展现在读者面前的。而且，契诃夫通过格里夫的心理活动来折射厨娘的软弱、胆怯。厨娘在作品的结尾所遭遇的不幸，也是由七岁小男孩的视角展现出来的。如果去掉格里夫这个切入点，这个角度，用第三人称或第一人称直接去写厨娘的故事，也能刻画厨娘的形象，可是，小说味道就大变了。短篇小说《风波》是写一个家庭里的夫妇之间的感情纠葛。作品是这么开头的：

玛宪卡·巴甫列茨卡雅是一个很年青的姑娘，刚刚在一个贵族女子中学里下了课，步行回到库希金家里去。她是住在那儿，做家庭教师的。

契诃夫从一个年轻的家庭教师的角度切入，用女孩儿的视角将库希金家里的矛盾展示了出来，显得既客观又真实。因为女孩儿住在库希金的家里，这个家庭里所发生的一切都逃不脱女孩儿的目光和审视。主人夫妇之间的情感纠葛和矛盾触动着这个家庭教师的敏感神经，她对这一对男女的自私、虚伪和道貌岸然看得清清楚楚。家庭教师的角度好像一个监测器，记录了发生在这个家庭里的一切活动。因此，一个好的短篇小说家，在谋篇布局时，首先要找准切入点，也就是说，从哪里开笔。只有找准了切入点，才能顺畅地完成作品的构思。

契诃夫几乎所有的短篇小说，一开篇，人物就在动作之中。比如：

婚礼以后，就连清淡的凉菜也没有。新婚夫妇各自喝下一杯酒，就换上衣服，坐马车到火车站去了。(《挂在脖子上的安娜》)

夜间。小保姆瓦尔卡，这个十三岁的姑娘，正在摇一个摇篮，里面躺着一个小娃娃；她哼着歌，声音低得刚刚听得见。(《渴睡》)

巡官奥楚蔑洛夫穿着新的军大衣，手里提着一个小包，穿过市场的广场。(《变色龙》)。

从人物的动作中切入，会使故事很快地进入，加快了小说速度，这是其一；二是略去了人物行动之前的所有不必要的交代，缩短了小说篇幅，小说在人物的行动中进入了进行时；三是这样的切入点距离故事的结束更近一些，避免了多余的交代叙述。

后世的作家，继承了契诃夫的小说创作遗产，并不断进行创新。

海明威的短篇小说大多也是进入快，而且叙述更简洁。比如，他的短篇《桥边的老人》，开篇第一句便是：

一个戴着钢丝边眼镜的老人坐在路旁，衣服上尽是尘土。河上架着一座浮桥，大车、卡车、男人、女人和孩子们涌过桥去。

《医生夫妇》的开头：

> 迪克·博尔顿从印第安营地来替尼克的父亲锯木材。他带着儿子埃迪和另一个叫比利·泰布肖的印第安人。

《印第安人营地》一开篇就写道：

> 又一条划船给拉上了湖岸。两个印第安人在湖边等待着。尼克和他的父亲跨进了船艄，两个印第安人把船推下水去，其中一个跳上船去划桨。那年轻的一个把船推下了水，随即跳进去给大叔划船。

尼克的父亲去给印第安产妇接生。至于尼克的父亲是什么时候被什么人请到印第安人营地的；他为什么去印第安人营地给产妇接生；在这之前，发生在尼克父亲身上的还有什么故事……这一切，统统被省略了。海明威只是从故事即将结束——也就是接生的过程写起。在接生的过程中，产妇经历的痛苦有多么深重，产妇因为什么而经历了如此血腥而残忍的生产过程，这些情节，海明威都没有写，他只写到，孩子生下来后，睡在上铺的丈夫割喉自杀了。

马尔克斯的短篇小说的开头也是很直接——

空寂的公园里树叶已经变黄，他坐在树下的木头长椅上，双手拄着手杖的银质圆柄，望着湖中来回扑扑的天鹅，心里想着死亡。(《总统先生，一路走好》)

二十二年后，我与马格里多·杜阿尔特重逢了。他突然出现在特拉斯提弗列一条隐秘的小巷里，生涩的西班牙语和那种老罗马人的乐观使我一时间没认出他来。(《圣女》)

这两个短篇的切入点，不只是从故事即将结束的时候切入，同时，一开篇就留下了悬念，总统为什么独自坐在空寂的公园？他为什么一心想着的是死亡？两句话，勾起了读者探究的欲望。后一篇，一开始就从二十二年后写起，二十二年前，在我和马格里多·杜阿尔特身上发生了什么事？作者是继续交代了呢，还是略去了？读者一读开头，就不会合上书本的，就会产生揭示悬念的想法。短篇小说《我只是来打个电话》讲述了一个二十七岁的墨西哥女人搭错了车，误入精神病院，被当作精神病人处理，葬送美好年华的故事。马尔克斯试图揭示荒诞时代普通人的荒诞处境。开篇写道：

一个下雨的春日傍晚，玛利亚·德拉卢斯·赛万提斯独自开着车前往巴塞罗那，途经莫内格罗斯荒漠时车子抛锚了。

作者直接从女人的车子抛锚切入。至于车子为什么会抛锚，抛锚之前的行程中发生了什么，作者没有写。由于车子抛锚，女人搭乘了一辆顺路车，这辆车把女人送进了精神病院，悲剧由此拉开了幕布，她的命运从此发生了意想不到的改变。精神病院将她作为疯子对待，丈夫抛弃了她，她的人生陷入了泥淖。

现代主义的小说大师卡夫卡和加缪的短篇小说也一样，对作品的切入点把握得很到位。加缪的短篇《来客》，开篇第一句话是：

> 小学教师达吕望着两个人朝山上走来，一个骑马，一个步行。

对于达吕为什么要到山上来，达吕在此之前的生活状况，加缪没有写。作者从这个地方切入，是因为他将要写的是那两个人到山上来之后的故事，所以，这个切入点，恰到好处。卡夫卡的《变形记》开头这样写道：

> 一天早晨，格里高尔·萨姆沙从不安的睡梦中醒来，在床上变成了一只巨大的甲虫。

格里高尔·萨姆沙是怎么样一个人，他为什么会变成一只巨大的甲虫，作者不去追问，他只是从萨姆沙变成甲虫之后切入，写格里高尔·萨姆沙变为甲虫之后的荒诞人生。切入点的确立，给作品定了调子，给故事的讲述立下了规矩，也给作品走上一条正路，铺设了第一个坚实的台阶。

英国女作家罗丝·特里梅因有一篇叫《有人在吗？》的短篇小说。这个短篇的切入点非常好，小说一开始就直接地写道：

> 她和我一样，也是个寡妇，或者说她愿意让我这么认为。她给我看过一张褪色的照片，上面有个当兵的，穿着爱尔兰卫队的制服。“这就是我男人。”她说。
>
> 我问了几个关于她的问题，但她不想回答。她只说：“他是爱尔兰人，跟你男人一样。你能看得出，对不？从眼神里。瞧他多苍白，跟水似的。不过再多我就没法说了。”

开头这两段告诉了我们几个信息：两个女人都是寡妇。两个人的丈夫都是爱尔兰人。

这篇小说讲述的是两个女人的故事。当然，要讲好这个故事，有多种方式。作者采用的切入点是一个女人讲述另一个女人。讲述者八十岁，被讲述者九十岁。她们是邻居。被讲述者叫内尔·格林伍德。

两个女邻居只有一墙之隔。故事是从一个小细节——

敲墙开始的。内尔半夜按响了女邻居的门铃。她走进女邻居家，责备女邻居半夜敲她的墙。内尔不止一次地走进女邻居家，不止一次地责备她。其实，女邻居并没有敲她的墙。内尔觉得有人敲她的墙，只是一个幻觉。这个九十岁的老太太之所以产生这样的幻觉是有原因的：年轻的时候，内尔因为私自收留一个孤儿被判了刑，坐了监。这个孤儿就是半夜敲门把她敲醒之后，她才收留的。女邻居——“我”——故事的讲述者并没有因为内尔的责备和内尔闹矛盾，两个人相处得还不错。女邻居和内尔的交往中知道，内尔年轻时嫁的男人是有妇之夫。小说中还有一个不容忽视的细节——内尔后院的秋千架。内尔被在风中吹动的秋千架击倒在地，女邻居主动来照顾内尔。原来，这个秋千架是内尔当年收留的幼女使用过的。内尔一旦看见这个秋千架就等于看见了她收留的那个幼女。

因为小说的切入点决定了是用一个女人的视点去写另一个女人，所以，小说中没有第三人称的客观叙述。小说是通过两个老女人的相互交往，写出了八十岁的女邻居和九十岁的内尔的精神面貌、人格品性以及人生中的点滴往事的，通篇没有起伏跌宕的情节，只是一些细节的叙述和对话描写。

乔伊斯的《悲痛的往事》是短篇小说的名篇。作为短篇小说，按照规律，应该是切入点距离故事结束更近一些，可是，《悲痛的往事》却不是这样的，它的切入点不只是远，而且，仿佛十九世纪批判现实主义作家的长篇小说一样，从空间切入，从主人公居住的环境写起：

> 詹姆斯·达菲先生居住在查佩里佐德，因为他想住在那个与他的公民身份发生联系尽可能远的地方，同时也因为他觉得都柏林的其他郊区都很平庸、现代化、自命不凡。他住在一所阴沉的旧房子里，从他房间的窗口，他看得见那个已经废弃的酒厂或者那条成为都柏林城基的浅河的上游地带。他的房间里没有铺地毯，高高的四壁也没有挂图片。房间里的每一件家具都是他亲自购置的：一个黑色的铁床架、四只藤椅、一只衣架、一只煤斗、一个火炉围住的生火用具，还有一张方桌，方桌上放一个两人用的写字台……

乔伊斯为什么要从空间切入？为什么要像巴尔扎克一样对房间里的摆设进行精细的描写？这样冗长的描写，是不是有拒绝读者的危险？当我们耐心读完这个短篇之后，才明白，这是一篇很伤感的短篇小说，作品的故事会调动起读者的不安、忧伤和悲痛。主人公达菲先生是一家私营银行的出纳员，他在一次音乐会上邂逅了一个有夫之妇，两个人即刻陷入热恋，多年之后，达菲从报纸上得知曾经给了他爱情的女人已逝世，他回想起往事，深感悲痛和内疚，他开始忏悔，忏悔自己的绝情。这篇小说的故事并没有惊人之处，关键是，乔伊斯营造的气氛和小说的情调和秋风秋雨一样冰冷、凄凉、伤感。乔伊斯之所以从空间切入，是为了放慢小说的速度，使小说的情调从一开始就进入慢车道，舒舒缓缓，这样，才能和达菲的心境合拍。达菲的情绪变化不是刹那间的转换，而是在他得知曾经爱过他的女人亡故之后，在他回忆往事的过程中而产生的愧疚和不安，在这篇小说中，乔伊斯改变了一旦开头便让人物动起来的快节奏，而是细致的、慢腾腾的叙述。可见，小说的切入点选定，也是由小说本身的情节决定的。

美国女作家奥康纳是被批评家哈罗德·布鲁姆列入“西方正典”的作家。只活了三十九岁的奥康纳的作品并不多，她留下来的仅有两部短篇小说集《好人难寻》和《上升的一切必将汇合》，用布鲁姆的话说，“她的小说让我感到批评上的困惑”。布鲁姆又认为“如果忽视奥康纳作品中真正会令人吃惊的东西，就是对她的误读”。也许，使布鲁姆困惑的是，奥康纳“把暴力看成是唤醒世俗读者的精神意识的唯一途径”。在短篇小说《好人难寻》中，那个所谓的“不和谐分子”打死老太太后说：“要是每一分钟都有人对她开枪的话，她会是好女人。”奥康纳借人物之口表达的观点，也许是很难让一些人认同的。这个被“不和谐分子”打死的老太太正是《好人难寻》的切入点：

> 老太太不想去佛罗里达，她想去东田纳西走亲戚，于是抓紧每个机会让巴里改变主意。巴里和她住在一起，是她的独生子，正挨着桌子坐在椅子边上，俯身读着报纸上橘红版面的体育专栏。“看看这儿，巴里，”她说，“看看这儿，读读这个。”她起来，一只手放在干瘦的屁股上，另一只手把报纸在巴里的秃头上晃得很响，“有个自称‘不和谐分子’的人从监狱里逃出来了，正往佛罗里达去呢，你读这儿，看他对那些人做了什么好事。你快读读。我才不会带着我的孩子去罪犯出没的地方呢，要不然怎么对得起自己的良心。”

故事从老太太要去东田纳西走亲戚展开。整篇小说，作者没有一句指责老太太的言辞，可是，悲剧的发生，是由老太太引起的。这个切入点总揽了小说的内容，同时，给悲剧的发生埋下了伏笔。从一开篇，就点明了“不和谐分子”的存在——其实，所谓的“不和谐分子”就是歹徒。老太太因为相信了新闻报道，不去佛罗里达，而执意要去东田纳西，结果，走到半路上，歹徒出现了，老太太自己和儿子、孙子全部遇害了。在美国，暴力无时不在，无处不在。作者借加油站老板的嘴说，好人难寻，世道变得太坏了。在这一家人遭遇到歹徒袭击前，这个糊涂的老太太本该闭嘴，她却说你们就是报纸上所说的“不和谐分子”。难怪歹徒说，每一分钟朝她开一枪。当然，悲剧的发生并非老太太的多嘴多舌造成的，即使老太太不开腔，他们也会朝老太太开枪的，他们并非对老太太有仇恨，而是报复社会。奥康纳在这篇小说中不是揭示暴力的，她试图表达：暴力会使人成熟。这也许是布鲁姆感到很难评说的原因。

《好人难寻》通篇充满着不确定性，充满着紧张不安。和奥康纳其他小说一样，越是剑拔弩张之时，奥康纳的叙述越是平静。就像《好人难寻》的开头一样，老太太说起“不和谐分子”好像拉家常一样。尤其是“一只手放在干瘦的屁股上，一只手把报纸在巴里的秃头上晃得很响”这个细节，把老太太性格的一个侧面写活了。

和中短篇小说相比，长篇小说的切入点要远一些，究竟远到什么程度，从主要人物的人生哪个阶段切入，这要从长篇小说的整个构思权衡。长篇小说的切入要有利于故事展开，要有利于主要人物出场——在长篇小说开篇的几千字或一两万字之内，主要人物要出场。当然，这要视篇幅的长短、主要人物的多少和情节发展的需要来确定。

《金瓶梅》的第一回是“西门庆热结十兄弟　武二郎冷遇亲哥嫂”。作品一开场，就让西门庆大摆宴席，由此引出了月娘、瓶儿、十兄弟、武二郎、潘金莲等主要人物。主要人物一旦亮相，故事就从他们的人生某一个阶段展开了。《红楼梦》前五回做了概括叙述，但是，那只是像打鼓一样，在敲边鼓，到了第六回，刘姥姥进了大观园，宁府和荣府人物及景象才逐步展开了，因此，第六回是《红楼梦》的切入点。

中国的传统小说是这样，欧美现代主义小说家的小说也是这样，他们给每一部作品确立好恰如其分的切入点才下笔，比如威廉·福克纳的长篇小说《八月之光》开篇写道：

> 莉娜坐在路旁，望着马车朝她爬上山来，暗自想："我从亚拉巴马州到了这儿，真够远的，我一路都是走着来的，好远的一路啊。"

小说从年轻的女人莉娜寻找情夫切入。几句话略去了莉娜一个月的行程，由此而引出了善良正直的阿姆斯特德夫妇，引出了莉娜的情夫卢卡斯·伯奇，引出了拜伦·帮奇等主要人物。然后，作者分三条线展开叙述。

当然，也有一些长篇小说进入比较慢，作者的笔触搭得很远。比如帕斯捷尔纳克的《日瓦戈医生》一开篇，从日瓦戈医生母亲的去世写起，由母亲的去世，写到了日瓦戈家族的故事。小说的叙述节奏缓慢，叙述平淡，调子沉闷。作者的叙述像剥葱头似的，一层一层向里剥。缓慢的速度考验着读者的耐心。肖洛霍夫的长篇小说《静静的顿河》，从顿河两岸的空间切入，由麦列霍夫家的院子引出麦列霍夫·葛里高利的爷爷麦列霍夫·普罗珂菲和他的土耳其妻子，再由葛里高利的爷爷写到父亲的出生，也是一步一步地展开家族故事的。葛里高利的爷爷和父亲的故事情节大都是概括叙述，小说的速度还不算很慢，从切入点来看，切入也是比较远的。史诗性的长篇小说一般切入点都比较远一些。

不是所有的长篇小说切入都比较远，速度都比较慢。获诺奖的萨拉马戈的长篇小说《失明症漫记》，切入很近，速度很快。作者以第一人称叙述。一开篇，就进入一个情境："黄灯亮了。前面两辆车抢在变成红灯前加速冲了过去。人行横道边出现了绿色的人像。""我"被拦在了人行横道这边。绿灯再次亮起来的时候，"我"没有开车，后面不停地有人鸣喇叭，"等到终于有人把车门打开之后才知道他在喊，我瞎了"。

"我"在等车的时候，突然失明了。接下来作者叙述，由于这种失明症是有传染的症候，于是，一个城市里的绝大多数人被传染上了失明症，城市陷入了黑暗。于是，这些失明症患者被隔离起来了。这些失明症患者为生存，为欲望相互倾轧，相互争斗，上演了一场荒诞的人生闹剧。作者采用的切入点和叙述速度是由题材、由作品内容所决定的。和许多现代主义的作家一样，萨拉马戈不再以塑造丰满的典型人物为长篇小说之要务，他像陀思妥耶夫斯基、卡夫卡一样，把"思想"作为长篇小说的宗旨，这是他对这个世界、对人性独特的认知。可以说，他的长篇小说的切入点和中短篇小说没有多大区别。

究竟从什么地方切入，要看作者构思的作品题材和内容是什么，虽然有规律可循，但没有什么模式可言。从什么地方切入，也和作品的整体结构筋脉相连，切入点可以说是结构的一部分，也是结构的需要。

第五章　结构

对于短篇、中篇或者长篇小说来说，都存在着一个结构问题。

有人说，长篇小说是结构的艺术。因为，长篇小说篇幅长，情节比较复杂，空间比较广阔，时间跨度比较大，人物比较众多等原因，没有一个好的结构，就很难完成一部长篇小说的使命。

美国普林斯顿大学的汉学家浦安迪教授，在研究中国古典小说的时候，把中国古典小说和西方小说的结构做了比较，他认为，中国古典小说的结构特点是采用“连缀法”，把诸多情节连缀在一起，缺少西方小说一以贯之的有机性。西方小说将时间和空间融合在一起，形成内在的结构，并非像中国古典小说那样，把一个又一个人物，一个又一个故事连缀在一起。中国古典小说以故事来划定小说从哪里开始，经过了几个阶段，在哪里结束。经过多年的认真研究，浦安迪发现，中国古典小说也是十分重视小说结构的，可是小说家并非只是按照时间性、空间性来结构作品，而是采取段落性的方式，一章一回将作品连接在一起。比如《三国演义》就明显地采用了以十回为段落的章法。第一个十回是董卓传，于第九回结束了他嚣张一时的荣辱生涯，为第二个十回做准备。第二个十回是吕布传，重复了同样的图式，而第十九回有吕布的白门楼败亡。第三个十回是曹操传，有许田打围、煮酒论英雄、土山降关羽等酣畅淋漓的笔墨，最后以第三十一回大破袁绍而结束。第四个十回是刘备传，有荆州依刘表、跃马过檀溪、新野得徐庶等精彩篇目，而以第三十八回的隆中对策告一段落。浦安迪教授通过研究发现，得出这样的观点有他的理由，但也有可以诟病之处。由于浦安迪教授采用的是概括的手法，十回以外，有关《三国演义》中主要人物的故事，就被排斥在外了，就没有囊括在结构之中。这种理性的概括方法，是有失偏颇的。很明显，比如《三国演义》的结构和西方小说的时间、空间化结构有异曲同工之妙。作者采用的吴、蜀、魏三国政治地域结构，也可以说是空间结构。作者把吴、蜀、魏三国不同地域、众多人物的众多故事紧紧地联结在一起，分头讲述吴、蜀、魏三国的故事。当这一空间的故事在进行时，那一空间的故事必然停顿下来。这样的结构没有挑剔之处。浦安迪还发现，十回结构中有“三回次结构法”。他认为,《水浒传》《西游记》《金瓶梅》都是十回结构的章法，在十回结构中，三回形成一个次结构。我觉得,《水浒传》也是具有现代小说空间结构的特征。虽然，一章一回主要写一个人物的故事，但是，所有人物的故事都紧紧围绕梁山这个空间而展开，抽去梁山这个空间，其结构就坍塌了。《红楼梦》也是章回小说，它的结构比较复杂，在结构上，它有一个“眼”，这个眼就是第六回“贾宝玉初试云雨情　刘姥姥一进荣国府”。这姥姥进了荣国府后，荣宁两府的故事通过刘姥姥这个“眼”展开了。在结构上，以宝黛爱情为主线，以荣宁两府十二个姑娘的人生故事为辅线。所有的情节都缠绕在主辅两条线上。

浦安迪并非用西方语境评价中国古典小说。他对中国古典小说的评价语境和方式摆脱不了张竹坡、金圣叹、毛宗岗的影子。浦安迪的一些观点和张竹坡、金圣叹、毛宗岗眉批中国古典小说的观点是相近的。浦安迪研究的十回结构章法是和其评价语境分不开的，只能是一种说法。

欧美批判现实主义小说和现代主义小说的结构与中国古典小说相比较，是有很大的差异的。

福楼拜的《包法利夫人》不是史诗性的长篇，篇幅不长，人物不多，故事不复杂。作品分上、中、下三卷。上卷讲述包法利和包法利夫人的成长史。中卷讲述了包法利夫人初识公证事务所的见习生莱昂·杜普意，两人相互产生爱意的故事，同时讲述了包法利夫人和庄园主罗多尔夫·布朗热的偷情故事。下卷主要讲述包法利夫人和莱昂的婚外情，以及包法利夫人以悲剧结束的一生。《包法利夫人》的结构不是线性结构，而是块状结构。上、中、下三卷，三大块。每一块各有侧重，又有联系，形成一体。在块状结构中，福楼拜非常有技巧地运用了断开，也可以说是停顿的艺术。在中卷，包法利夫人——爱玛和见习生莱昂在永维镇相遇、相识。厌烦了婚姻生活、厌烦了丈夫夏尔·包法利的爱玛在和莱昂的交往中，产生了情意，两个人虽然不是如胶似漆，难舍难分，但是包法利夫人“心里充满欲念、愤怒和怨恨”。“她爱莱昂，却寻求孤独，以便更自由自在地思念他的音容笑貌。”莱昂对包法利夫人十分渴望却没有勾引到手。福楼拜写到这里，突然停顿下来了，情节到此断开——莱昂去巴黎学习。包法利夫人陷入了对一个男人的思念和孤独之中。没多久，农业评比会召开，包法利夫人认识了三十四岁的庄园主兼商人罗多尔夫，罗多尔夫成功地将爱玛勾引到手，爱玛由此沉浸于肉欲的愉悦。而对于罗多尔夫这个情场老手来说，爱玛只是她发泄情欲的对象。当爱玛深深地陷入两个人偷情的愉悦之中的时候，情节又停顿下来了，故事的断开是由于罗多尔夫抛弃了爱玛远走高飞。在第一次断开又衔接的过程中，农业评比会是第一座桥梁。走过这座桥梁，包法利夫人和罗多尔夫相识相遇了。第二座桥梁是剧院。在剧院里，莱昂意外地发现了爱玛，这时候，莱昂从巴黎回到了永维镇。于是，在下卷中，福楼拜展开了包法利夫人和莱昂勾搭成奸造成悲剧人生的故事。《包法利夫人》有两个鲜明的结构特征：一是三个块状，脉络清晰，每一块都有每一块的中心故事，分开讲述，相互联系。二是，巧妙地运用断开（停顿）的艺术，使情节并未中断内在联系，而分头向前推进，充分凸现包法利夫人的中心位置。通过包法利夫人和三个男人的交接，塑造了包法利夫人这个饱满的形象。

福克纳的长篇小说的结构，一部和一部不同，他根据小说的题材和内容，选择相适应的最佳的结构方式。他认为，小说的结构布局，多半凭经验凭感觉安排，需要的是，像木工活儿一样，将不同的部分有机地排列组合，呈现出准确而新颖的构型。在福克纳看来，小说可以是多元组合结构，不是整齐划一的机械的统一体，应该根据小说的内容，呈现出独特的形状，千姿百态，浑然一体。福克纳的长篇小说《八月之光》将三条看似没有多大联系的叙事线联结在一起，同时展开，相互影响，每一条线索上的故事在展开、推进中，又和另外的线条相当默契，相得益彰，这是福克纳在小说结构中，不断实验而取得的成就。

《八月之光》是情节型结构，也是线型结构。开始的三章，故事在三条线上呈现。第一章讲述一个叫莉娜的年轻女人寻找情夫的故事。第二章讲述的是一个叫克里斯默斯的中年男人的故事。第三章讲述的是牧师海托华的故事。在前三章，福克纳让故事中的主要人物出场。在第一章讲述了莉娜寻找情夫的过程中的一个片段之后，作者便停顿下来，将故事断开。这种断开（停顿）不是断崖式的，而是做出相应铺垫——在第一章的结尾，就引出了一个叫邦奇的年轻人，而在第二章，就以邦奇在棚工棚中干活儿开始，再由邦奇引出第二章需要讲述的克里斯默斯。同样，在第二章的结尾也铺垫了下一章将要讲述的海托华。这样一来，看似分别排列的前三章就浑然天成了。而且，这三个不相干的人，有一个共同的空间将他们聚集在一起，这个空间就是杰弗生镇。这是现代主义小说用空间结构的范本。《八月之光》既是线型结构，又有空间做支撑。在前三章福克纳别出心裁地讲述了先后出场的莉娜、克里斯默斯、海托华这三个人是如何来到了杰弗生镇。而在后三章，福克纳又分别讲述了海托华、克里斯默斯、莉娜是如何离开或在杰弗生镇死去的故事。前后六章，首尾呼应，形成统一体。虽然，这三个人物之间并未发生交集，没有矛盾、冲突，莉娜甚至没有和克里斯默斯见过面，但是，他们三个的人生故事是在杰弗生镇这个空间发生、形成的。这样结构的危险在于容易散架，福克纳巧妙地运用对位、对应、反衬的手法，不同线条之间既独立，又有契合点，更重要的是，这三个人的内在联结是符合小说主题的需要——人类总会看到八月之光——透明般的亮点。由此，我们也可以说，《八月之光》的结构框架是线条，也是空间。三条线上所有人物的故事都和杰弗生镇相关联。

福克纳在讲述三条线上不同人物的故事的时候，适时地、恰当地运用了断开（停顿）的艺术，以便讲述每条线上的故事，比如，在第一章的结尾，这样叙述：

> 这时赶车人充耳不闻。他在凝视前方，越过山谷朝对面山岭的城镇望去，她(莉娜)顺着他(赶车人)用鞭子指示的方向看见两道烟柱，一道是从高高的烟囱冒出来的浓厚的煤烟，另一道则是黄昏的烟柱，显然正是从镇那边的一片树林中升起，赶车人说："看见了没有，有幢房屋起火了。"

写到这里，福克纳停下了，他没有再写房屋起火之事。一直到第十三章开头，福克纳才写道：

> 乡里人发现大火之后五分钟，人们便开始聚集，其中有的人正赶着马车进城度周末，也停下来观看，更多的人则从周围邻近一带步行而来。

而这火光正是克里斯默斯杀死情妇伯顿小姐，点着了房子升腾而起的。福克纳之所以在此停下来，是因为，他从第六章起，写到第二十章末尾，一直在讲述克里斯默斯的成长故事。克里斯默斯的成长故事也可以说是补充叙述，叙述了克里斯默斯性格是如何形成的，从而使读者信服，他杀死伯顿小姐是性格的必然。

同样，在讲述克里斯默斯的第五章的结尾，福克纳写道：

> 这天晚上，他听见敲十一点钟时正背靠着破门内的一棵树坐着，背后那幢楼房同样黑魆魆地隐没在草丛中。……他只是坐在那儿，一动不动，起码到听见两英里外的钟敲响十二点。这时他起身朝楼房走去，步子不快。这时，他甚至想就要出事了，我就要出事了。

写到这里福克纳又停下了。

直到第十二章的最后，福克纳才在第五章断开的地方续接上了：

> 他起身从浓影里走出来，绕过楼房进入厨房。楼里一片漆黑……他稳步地登上楼梯，走进卧室。刚一进屋，她（伯顿小姐）就从床上说话："把灯点燃。"

这种断开（停顿），又续接的方式，用通俗的语言说，就是提起来又放下。要如此断开又续接，需要缜密的思维，需要足够的魄力，需要在结构上能开能合的能力和技巧，只有福克纳这样的大师才能完美地做到这一点。

二○○六年获诺贝尔文学奖的土耳其作家帕慕克的长

篇小说《我的名字叫红》也是多角度叙述的方法，作者分别以“我是一个死人”“我的名字叫黑”“我是一条狗”等不同的叙述角度讲述了同一个故事。同样获诺奖的多丽丝·莱辛的长篇小说《金色笔记》是多角度叙述的变种，作者以黑、红、黄、蓝色四种笔记外加一部“自由女神”的中篇小说构成了《金色笔记》。而这四种笔记和中篇小说其实讲述的是同一个故事，不过变换了叙述者而已。多角度叙述已经被好多优秀的作家用自己的方式来结构作品。多角度叙述结构作品，其难点在于：作品本身要有内在的联系，要有一条称为“思想”的红线贯穿于作品始终，不然其结构就会显得很牵强，如此结构也失去了其内在的意义，成为多余的形式。不论是帕慕克，还是多丽丝·莱辛以及其他小说大师们，他们在进行多角度叙述的时候，让每个叙述者的叙述都没有脱离作品内在的那根红线，叙述者的所有叙述都是为作品的主题服务。

长篇小说的结构，往往处于两难之中，如果不精心结构，就像一架布局失衡的房屋，不但不美观，还有坍塌的可能；如果斧凿痕迹太重，结构和主题、情节、人物形象的塑造等要素不协调，不仅会失去美感，也会削弱作品的力量。

陀思妥耶夫斯基的长篇小说《罪与罚》是一部精心结构的作品。大学生拉斯柯尼科夫举起斧子砍杀放高利贷的姐妹俩和其心路历程是作品的主要情节。作者以拉斯柯尼科夫为一个“点”，和这个“点”连接的有几条线，一条是伦理线：

拉斯柯尼科夫的母亲、妹妹、妹夫，以及妹妹做用人家的地主等这些和亲情有关的人物的故事；一条是拉斯柯尼科夫的同学拉祖米兴、医生及其他人的故事。还有一条看似不相干的线，就是妓女索妮亚和其父母亲的故事。陀思妥耶夫斯基成功地把这几条线糅在一起，使拉斯柯尼科夫和每一条线上的人物都有关联，这样，才会完成拉斯柯尼科夫这个形象，才能实现“他的主人公是思想”的构思。如苏联文艺批评家米哈伊尔·巴赫金所说，陀思妥耶夫斯基是将“思想，作为描写对象，作为塑造主人公的形象重心”。所以，他构思的作品结构是和他的作品主题相匹配的。

《罪与罚》是以拉斯柯尼科夫出场作为作品的开头的。作品一开始，拉斯柯尼科夫就和喝醉酒的九等文官——索妮亚的父亲相交接，从而引出了做妓女的索妮亚和其母亲。这样，就把和拉斯柯尼科夫不相干的一家人引入了作品，引入了拉斯柯尼科夫的“思想”范畴。如果抽去了妓女索妮亚一家人，促成拉斯柯尼科夫思想的激烈斗争，就少了一味发酵剂，同时，结构上也少了一根梁柱。至于说，拉斯柯尼科夫的母亲、妹妹、同学等人和拉斯柯尼科夫的交集是符合伦理和人性的必然，也是他“思想”的需要，而拉斯柯尼科夫砍杀放高利贷的姐妹俩，并不是他对财物贪婪的结果，而是他“思想”需要的结果，也是他的“罪”之所在。

《罪与罚》结构上的完美在于这几条线的有机契合，在于其浑然天成。如果没有这几条线，只是叙述拉斯柯尼科夫砍杀放高利贷的姐妹俩，作品不但失去了其复杂、厚重，而且作者无法完成他对于“思想”的构思。

艾丽丝·默多克是二十世纪英国著名的女小说家。她的长篇小说《大海，大海》是一部探讨人的内心世界的心理小说。作品从主人公的性关系着手，揭示人的性困惑、性道德以及爱和性的关系，揭示人在两难境地的无奈和挣扎。

主人公查尔斯·阿罗比年届六十，他集导演、编剧、演员于一身，是英国文艺界的名流之一。退休后，他到海边去定居，决心过一种安静、安逸的生活。他一生未婚，单身一人，说走就走，他果断地来到距离大都市很远的海边，买了一幢房子住下了。他怎么也没有想到，他能逃离大都市的喧哗，却逃不掉人生的“偶然”。他在海边偶然遇到了他年轻时的情人莉齐和罗希娜，偶然遇到了他的初恋哈特莉。查尔斯四十多年未曾和哈特莉谋面，他再次见到哈特莉的时候，哈特莉已成为人妻，已是和他同龄的六十岁的老太太了。可是，查尔斯对哈特莉的爱几十年来没有放下——他和她是初中时的同学，十几岁时，两个人就相爱了，并立下誓言：非她不娶，非他不嫁。可是，命运弄人，两个人终究没有走到一块儿。偶然的相遇，重新点燃了查尔斯心中的爱火。他不择手段地追求哈特莉，甚至将哈特莉囚禁在他的小别墅。尽管，哈特莉嫁了一个粗暴的丈夫，婚姻不如意，可是，她的心已死，不愿意和查尔斯再续旧情。不是哈特莉不爱查尔斯了，而是她已经屈服了生活，屈从了命运，她累了，她内心苦极了，她宁愿委屈自己，也不愿意再折腾了，而查尔斯却不肯罢休，死追不放。查尔斯追求的是一种“纯粹”的爱情，是和性无关的爱。他在青春期虽然和哈特莉爱得要死要活，但没有性生活，即使他将哈特莉囚禁在身边依旧没有性接触。查尔斯相信爱情，但不相信无性就无爱。因此，他对哈特莉的爱在“纯粹”的名义下显得像孩子们的情感一样单纯、幼稚，最终以失败而告终。

在查尔斯和哈特莉纠缠的过程中，也掺杂着他和他的情人克丽芒、罗希娜、莉齐、珍妮等几个女人的情感纠葛。尤其是他和那个叫克丽芒的女人的爱情影响了他的大半生，因为克丽芒是大他近二十岁、比他的母亲年龄还大的一个演员。克丽芒收获了他的处男之身，他对克丽芒爱得最深，也许只是印象最深——在他二十岁的时候，三十九岁的克丽芒就融入了他的肉体、血液和神经。

这部长篇的难点在于怎么处理好查尔斯和这几个女人的关系，也就是说，如何结构作品。

在结构上，艾丽丝采用块状结构，她把作品分为“史前”“历史”“后记：日子继续下去”三大块。

“史前”这一块，是作品的开头，是人物的出场。一开头，查尔斯来到了海边，作者从海边写起。查尔斯以第一人称出现在作品中，他住在海边准备写一部回忆录，“在静思中忆往”；忏悔以自我为中心的人生。他是站在六十岁的角度来回忆往事的。在他的回忆中，首先上场的是父母亲以及婶婶等，他未免要回忆他的出生、童年、少年生活，回忆他的艺术生涯。他第一个回忆的女人是克丽芒，如他所说，“克丽芒是我第一个情妇。初识时，我二十岁，她三十九岁（至少她自己是这样说的）。”

为什么艾丽丝把这一块取名“史前”？对于查尔斯来说，“史前”的回忆，其中的不少人物和第二块“历史”的关系不大，比如父母亲、叔叔婶婶等等，只是交代性地概括叙述。在“史前”这一块，克丽芒出场之后，分别让罗希娜、莉齐等几个情人都出来“亮了相”。当然，这些人物都是通过设置情节而出场的。为了使结构匀称，作者在叙述的时候，保持着克制，无论查尔斯和克丽芒的交接，还是和罗希娜、莉齐的交接，都没有冲突，而大多是查尔斯的心理活动，是查尔斯心目中的情人形象，是查尔斯记忆中的和情人相处的情景。作者的目的，只是通过查尔斯的视角，把主要人物引上场。

第二块“历史”是作品的核心，篇幅最长，从“之一”写到了“之六”。

在“历史”这一块，作者像给油画着色一样，在第一块“史前”的基础上，分别给克丽芒、莉齐、罗希娜等几个女人又染上了黄、红、绿等多种色彩——通过她们和查尔斯的交接，塑造她们的形象。作者采用的不是客观的冷静叙述，而是查尔斯情人们通过内心独白、心理分析（包括心理揣测）来展示各自的内心世界。

在结构上，作者依旧采用“停顿”的艺术，当罗希娜出场，开始让罗希娜“表演”之时，莉齐必须离开，让莉齐的“表演”停下来。对这种节奏的把握，是作者的直觉，也是艺术能量的体现。

第三块，既是人物的结局，也是查尔斯对他追求哈特莉失败后的人生感慨。这一块，篇幅并不长，但留下了使读者回味不尽的思索。

南非作家库切的第一部长篇小说《幽暗之地》刚出版时，影响平平，评论界没有给予应有的评价。二〇〇三年，库切获得了诺贝尔文学奖，评委会在授奖词里，给予《幽暗之地》很高的评价：

> 《幽暗之地》初次展露了善于移情的艺术才能，这种才能使他（库切）一再深入到异质文化中间，一再进入那些令人憎厌的人物的内心深处。小说描写越南战争期间一个为美国政府服务的人物，挖空心思要发明一套攻无不克的心理战系统。与此同时他个人的生活却糟糕透顶。此人的奇思异想与一份十八世纪布尔人在非洲腹地的探险报告并列而述，展示了两种不同的遁世方式。一者是智力的夸张和心理上的妄自尊大，另者充满活力，是富于蛮荒气息的生命进程，两者互为映照。

这个授奖词概括了《幽暗之地》的内容。读完小说，才能深切地体会到，库切所说的幽暗之地，不是泛指某一处，不是地理意义上的方位，这个幽暗之地具有深刻的象征意义，它象征人心的幽暗。库切要完成自己的创作意图，必须采用与其相吻合的结构。《幽暗之地》的结构新颖、新奇，其结构形式和作品的“先锋”性和谐统一。

《幽暗之地》在结构上由“越南计划”和“雅克·库切之讲述”两大部分组成。这两大部分也可以看作是两部中篇小说，而且，这两大部分看似不相干。第一部分“越南计划”，叙述的是二十世纪七十年代越战时期的故事：一个叫尤金·唐恩的美军士兵，写了一份关于如何在越南战争中利用舆论心理打击敌人的报告，他要将报告交给一个叫库切的上司。生于四十年代初的唐恩是美国某大学肯尼迪学院“神话艺术小组”的成员。他的心理阴暗，对战争抱有狂热的幻想，如他自己所讲述——我的妻子玛莉莲觉得“我人性中的恻隐之心荡然无存，我正痴迷于暴力和错乱的幻想”。他恶毒地建议军方在越南使用含有二噁英成分的化学毒剂PROP—12。如他自己所讲，这种化学物质——

> 能在一周内改变越南的面貌。PROP—12 是一种土壤毒剂，十分神奇（我再次道歉）。当它被冲刷入土壤后，会破坏硅酸盐的化学结构，并沉淀下一层灰白色的薄薄的沙砾。

唐恩就是如此狠毒的一个人。唐恩的人性已经泯灭，他在讲述美军在越南滥杀无辜时，其口气如同拉家常，说穿衣服吃饭。他的麻木令人愤慨。库切采用的第一人称——唐恩讲述的叙述方式。通过唐恩讲述自己的出身、家庭以及妻子的人生观、价值观，折射出了唐恩的人性恶。第二部分“雅克·库切之讲述”，是库切的先父雅克·库切的讲述。故事发生在一七六〇年，先父讲述欧洲人是如何征服南部非洲人的。作者依旧采用第一人称的叙述，通过库切先父之口，叙述了欧洲人在南部非洲的残暴和血腥。

库切小说在结构上的先锋性和独特性在于，把相隔两百多年的故事放进一部小说之中，讲述者又各不相同。这样的结构未免产生一个问题：这两个互不相干的讲述是怎么糅在一起的。

《幽暗之地》看似没有统一、完整的故事，两个故事之间没有情节的联系，可是，“越南计划”和“雅克·库切之讲述”有内在的关联：两个讲述者都是讲述道德的沦丧，人性的缺陷，人的贪婪、麻木、无耻和暴行。“越南计划”的讲述和“雅克·库切之讲述”的讲述形成了前后照应，自动牵手。这就是小说的内在联系，这是其一。其二，将两个讲述勾挂牵连在一起的有一个关键人物，那就是库切。库切是讲述的纽带。在“越南计划”的讲述中，作者并没有让第一人称的唐恩从头讲到尾，而是变换叙述角度，在唐恩讲述儿时的故事、妻子的背叛、个人生活的同时，库切时不时地将自己的经历、体验渗透在文本中，使库切始终不游离故事。第二部分“雅克·库切之讲述”，是库切父辈的讲述，更和库切不可分割。因此，库切是把两部分讲述串起来的一条线，库切是小说的穹顶。《幽暗之地》不是线型结构、块状结构，也不是情节结构，我将这种结构称为“内核”结构。我所说的“内核”是指作品的思想内容。小说的前后两部分的思想内容是统一的。

库切是一位追求小说结构的作家，他的所有长篇小说，各有各的结构特色。他晚年所创作的长篇小说《凶年纪事》，篇幅不长，结构不同于他的其他小说。

《凶年纪事》的主人公 C 是一位著名作家。一天，C 在他生活的街区遇到了菲律宾裔的年轻女子安雅。安雅和她的男朋友艾伦就住在 C 租住的公寓的顶层。C 看见安雅的第一眼就被她的漂亮迷住了，在七十二岁的老作家眼里，这个靓丽的小女子宛如天仙，楚楚动人。安雅似乎是故意摆着她的臀部挑逗对她垂涎欲滴的 C 老先生。面对这个美丽的女子，C 先生忐忑不安，十分矛盾：“上帝，在我死之前应承我一个心愿吧，我喃喃地说；可是随即被这特定愿望带来的羞耻感压倒了，我缩回去了。”C 对年轻的女子在向往中羞怯，在羞怯中追求。C 患有帕金森病，他高报酬雇用安雅为他的作品《危言》打字，而艾伦极力反对安雅为 C 工作，并怀疑 C 对安雅有企图。安雅对 C 尊敬中有崇拜，她不顾男朋友的反对，去为 C 工作。艾伦无法阻止女朋友，产生了坏念头，在

C 的电脑上偷偷安装了一个软件，以便用 C 的投资为自己谋利。艾伦的这一阴谋被安雅识破了。艾伦和安雅的关系破裂了，艾伦只好出走。小说的故事看似老套：老男人迷恋上了年轻女子，年轻男人算计老男人，一女两男，三角关系。库切从老套的故事中写出了新意。新意和库切机巧的小说结构分不开。

作品采用三条线的结构方式，这三条线仿佛三股水齐头并进。老作家 C 一条线，安雅一条线，另外一条线是作者自己的随笔，而不是小说。说是线型结构，又不具有线型结构的全部特征。比如福克纳的《八月之光》，也算线型结构，三个主要人物的故事在三条线上推进，推进故事进展的是时间、空间的变化，是情节的发展，而且，三条线是明朗的。《凶年纪事》中，C 和安雅的两条线上的故事都是内心独白，而第三条线上作者的随笔和其他两条线上的内心独白没有关联，而且，内心独白是自说自话，几乎没有故事，只有心理状态，时间似乎停滞了，空间固定不变，故事不存在向前推进的问题。而且，第三条线上的作者随笔，似乎是自顾自地只管写体验、感受而不顾及那两条线上两个人的内心独白。

仔细研读文体，读者就会发觉，无论是 C 和安雅的内心独白，还是库切的随笔，其传达的主题是一样的：老年人生存的困惑。作品看似是线型结构，其实这三条线被库切机智地用同一主题拧在了一起，不过是讲述方式不同而已。

在《凶年纪事》中，库切传达的是自己的内心世界，同样，可以看作是老年库切的一部自传。一个老男人对年轻女子的爱慕之情既忠诚又不越界，而年轻女子安雅的情感既微妙又温暖。库切真实地写出了老年的C面对朝气蓬勃的安雅时的向往、无奈和自歉、羞耻。C活到这个份儿上，难免有几分尴尬、凄凉、无奈，他追问自己：余生怎么活？他自己困惑了自己。这种衰弱无力的人生状态，晚年的库切有了深刻的体验，才写出了《凶年纪事》这样的作品。作品中，第三条线上，库切站出来，以自己的名义所写的随笔，正是对C的内心独白的理性思考和归纳。由此，我们得出的结论只有一条：小说的结构不只是小说本体论的一部分，它是小说内容有力的支点。好的结构才能完成好的表达。一旦结构坍塌了，整个作品也就坍塌了。

第六章　故事与情节

故事是讲故事，小说也要讲故事。关于故事和情节的区别，英国作家、评论家福斯特在其《小说面面观》中这样说：

> 我们已经给故事下过定义了：对一系列按时序排列的事件的叙述。情节同样是对桩桩事件的一种叙述，不过重点放在了因果关系上。“国王死了，后来王后也死了”是故事。“国王死了，王后死于心碎”就是情节了。时间顺序依然保留，可是已经被因果关系盖了过去。

在这里，福斯特强调的是两点：（一）故事按顺时序排列。（二）故事没有因果关系，情节是有因果关系的。

我以为，福斯特对故事和情节的区分有一定的理由，但这些理由不足以区别故事和小说中的情节。

先说说，什么是小说。关于小说，不少经典作家都有各自的理解。巴尔扎克认为，小说是一个民族的秘史；福克纳则认为，小说就是为揭示人的内心最隐秘之处。

我曾经将小说称为一个事件的第五版本。比如说，某个地方在某年某月某天发生了一桩杀人案，关于这个案件最少有四个版本：（一）目睹者看到的版本。（二）领导案头搁置的有关部门报告的版本。（三）记者报道的版本。（四）大众和家属叙述的版本。而小说家根据这个事实所虚构的小说——也就是第五个版本，第五个版本和前四个版本有本质的区别。因为，小说家构思、创作小说时，并不依赖杀人案这个“事实”，他将“事实”进行了改造、组装，给这个案件中增加了他个人的认知和体验，重新构思、结构、叙述的文本才叫小说。因此，我以为给看似简单的、混乱的或荒诞的生活增添了意义的文本就叫小说。这个“意义”，其实就是小说家个人认知的程度。当然，意义是有层面的。比如说，改革开放好，这也是意义，可是，你不能写一篇小说去演绎这个意义，把它称为小说。意义有社会层面、情感层面、道德层面、文化心理层面、哲理层面等。所以，意义也就是我们常说的“思想”。改革开放好固然是意义，可是这个意义只停留在简单的社会层面，层面太低不说，而且这样的认知已经成为不少人的共识，缺少“思想”含量。而小说家给生活增加的那个意义是独特的、是有深刻的思想的。作者的认知程度决定着作品“思想”深度的高下。凡是有深刻思想的小说，往往比大众的认知水平高出了一个或几个档次。如果你的作品的认知是大众早已普遍认知的共识，那就不叫小说了。

究竟什么是小说，也许，一百个小说家有一百个理解和说法。

当我们对小说有了自己明确的认知之后，自然会对故事和情节的区分很明白，很清楚了。

故事和情节的区别不在于时间。故事可以顺时序讲述或排列。也可以倒时序讲述或排列；情节的叙述同样不受时间的限制，情节的时序混乱是小说中常见的。

故事和情节的区别也不在于因果关系。在贝克特、卡尔维诺、卡夫卡、富恩斯特、科塔萨尔、福克纳这些现代主义作家的不少作品中，并不完全依赖情节发生或推进的因果关系，我们不能由此说，他们的小说是故事。

当然，在中国的传统小说中，情节的设置必定有因果关系。比如说《红楼梦》中，宝玉挨打这个情节展开之前，作者就设置了好几个情节，叙述宝玉的“叛逆”行为，宝玉的这些举动已经触怒了贾政，贾政打宝玉成为一种必然，非打不可，这种因果情节链非常清晰。《水浒传》也一样，那些所谓的好汉们为什么会上梁山？可以说，这些所谓的好汉都是提着人头上梁山的，在上梁山之前，只有你杀了人，才有

“资格”成为梁山好汉。这些原因，作者都用不同的情节讲述得清清楚楚。有因才有果。这些因果关系的设置，不只是区别了故事和情节，而是在情节中渗透着作者的倾向——思想。比如《三国演义》在褒刘贬曹，在讲述刘备、曹操、关羽等人的情节中，随处流露着这种倾向。可以说，因果关系是情节发展的需要，是塑造人物形象的需要，但未必因此而来区别小说和故事。

欧美现实主义的小说，比如《红与黑》中，于连和德·瑞那夫人的婚外情的情节设置;《安娜·卡列尼娜》中，安娜和渥伦斯基感情纠葛的情节设置，包括《简·爱》《德伯家的苔丝》《包法利夫人》等小说中的婚外情或情感故事，都有其因果关系。

我觉得，不是因为有了因果关系，才不叫故事，而叫情节；而是因为，情节服务于作者赋予整部小说的意义。当然故事也有意义。中国民间好多故事的意义都是劝善的，用故事阐明人世间是有因果报应的，必须有善心善行。尽管作者也给故事赋予了意义，前面已经说过，这些意义是被大众普遍认知了的，浅层次的。故事中的人物也有各自的性格，一般来说，故事中的人物性格比较单一，人物面貌有脸谱化的倾向。小说不但要求思想深刻，而且小说用虚构的情节，塑造独特的、比较复杂的人物性格。比如《罪与罚》中的拉斯柯尼科夫、《静静的顿河》中的葛里高利、《日瓦戈医生》中的日瓦戈，他们都是性格比较复杂的人物，不能简单地用

“好”与“坏”给人物做出道德判断。而故事中的人物大都被故事本身淹没了，有“千人一面”的缺陷。故事的主题大都停留在道德层面或社会层面。故事不具备小说的复杂性深刻性。

在好多小说中，情节的因果关系的设置都是显性的，比如《红楼梦》中宝玉挨打。如果作者不设置那么多显性的原因作为铺垫，宝玉挨打这个情节就成为偶然性，而少了必然性。可是，有些小说中情节设置的因果关系却是隐性的，比如乔伊斯的短篇小说《死者》中的情节的因果关系。乔伊斯把隐性情节称为“顿悟”。《死者》叙述一个中年男人和妻子一起去参加一个舞会，舞会上的一首歌曲使中年男人的妻子想起了一个男孩子。妻子给丈夫说，那个男孩子以前经常唱这首歌。男孩子死了，死于肺结核，这个男孩子曾经站在大雨中，浑身发抖，满怀深情地一直注视着、偷窥着这个女人。女人“顿悟”这个男孩子是爱自己的，偷偷地爱着自己。她也“顿悟”她和丈夫虽然朝夕相处，丈夫却并非像男孩子那样爱自己。这个“顿悟”不是显性的，而是隐性的，并且带有偶然性——是那首歌曲的“刺激”而产生的情感变化。女人的情感变化的必然性埋得很深，作者并没有写出来。作者看似漫不经心的叙述，其实是精心设计的情节。

有人说，小说是要讲好故事的。是的，许多好的小说都有好的故事做支撑。小说中的故事其实是作家给故事赋予了意义的，是朝着作者设置的方向发展的情节，是诸多的情节链条的组合。小说中的故事和“故事会”中所讲述的故事是不一样的。

中国的传统小说非常重视小说的故事——情节性。小说是靠情节向前推动的，小说的每章每回的结尾，用“且听下回分解”连缀下一章，因为在情节的进展中留下了悬念，读者会被这个悬念紧紧地拽住，才有了读下去的欲望。

欧美的现实主义作家包括不少现代主义作家同样对小说的故事一丝不苟，同样注重讲好故事。他们精心设置情节，不动声色，娓娓道来；或跌宕起伏，波澜壮阔；或环环相扣，悬念叠加，以故事的色彩斑斓而吸引读者。

陀思妥耶夫斯基的长篇小说《罪与罚》的结尾，有这么一个情节：主人公拉斯柯尼科夫的妹妹杜尼雅给地主斯维德里加洛夫当用人，斯维德里加洛夫爱上了拉斯柯尼科夫的妹妹杜尼雅。他把杜尼雅锁进一间房子，不放她走。杜尼雅以为斯维德里加洛夫要强奸她，拿出了事先准备好的一支手枪威逼斯维德里加洛夫，要求放了她。这个固执的斯维德里加洛夫不放她走，于是，她开枪了。子弹从斯维德里加洛夫的头皮上擦过去，擦出了血。斯维德里加洛夫手中也有一支手枪，他没有朝杜尼雅开枪，而杜尼雅也没有再向斯维德里加洛夫开第二枪，这时候，斯维德里加洛夫开口了——

这是钥匙（他从外衣口袋里掏出来一把钥匙，放在身后的桌子上，没有回过头来看杜尼雅。），拿去吧，快走……

她（杜尼雅）拿起了钥匙，就急忙向门口走去，悠然打开门，便夺门而出。

斯维德里加洛夫也走出了房子，他来到了河边，掏出衣服口袋中的手枪，朝自己的头颅开了一枪。

小说写到最后，就是这么一个情节，改变了斯维德里加洛夫的形象：他不是一个没有人性的地主，他有善良的一面，是非常看重情感的。这个情节的设置，也使杜尼雅刚烈、善良的性格更加完美。

可见，小说中的每一个情节在小说中担负着塑造典型人物和复杂性格的任务。

在司汤达的长篇小说《红与黑》中，我们记住的不只是于连在黑夜里搭着梯子，从德·瑞那夫人的窗户爬进去的情节，不只是于连在试探中进攻，拉住了德·瑞那夫人一只手的情节——当然，这些情节最容易被读者记住。于连第一次到德·瑞那夫人家，面对市长夫人，于连问她：吃饭的时候，我坐在什么地方？德·瑞那夫人回答，于连将和她的儿子坐在一起吃饭。这个简单的情节，简短的问话和回答，写出了于连的自尊和对尊严的看重，写出了德·瑞那夫人对底层人的尊重。

关于情节的戏剧性和冲突性，不同的作家有不同的说法。戏剧必然设置矛盾，设置冲突，但是，小说情节未必用矛盾冲突去构架。小说的情节是不断发展变化的。在发展变化中，往往是戏剧性的东西越少越符合生活的真实，越有力量。在小说中，构置戏剧性的情节是比较便捷的路径，但是，走在这条路上是有危险性的，它会使厚重的小说变轻薄。戏剧性中往往含有偶然性，用偶然性化解矛盾冲突会将情节的复杂性简单化，减轻了作品的分量，也会使人物性格概念化、单一化。

现代主义的小说家虽然没有放弃小说故事的构架，他们已经不再追求故事的波澜壮阔、跌宕起伏，他们不再为构架小说情节而呕心沥血。尤其是在短篇小说创作中，情节已经不再是作家传达自己意图的支点。如福克纳所言，他追寻的是人的内心的隐秘之处。小说家关注的是人的内心生活，是人的精神状况，因此，他们把笔触伸进了人物的内心去搅动，揭示人的焦虑、恐惧、苦闷、不安、孤独和人生所处的两难境地；揭示这个世界的无序、荒唐、荒诞；揭示资本给人带来的压榨、伤害和对人的异化。因此，小说家将使命不再寄予编织动人的情节，或者，将情节简单化、浓缩化。马尔克斯在《百年孤独》中，不到一千字就可以写一场战争。而对一个现实主义作家来说，一部长篇小说用几十万字写一场战争也是很正常的。海明威的短篇小说《白象似的山》几乎没有什么情节，几句叙述几句对话就写出了女孩儿对于流产的恐惧。伍尔芙的短篇小说《墙上的斑点》也没有什么可以陈述的情节，可是，作者却对人生的幻境写得十分透彻。

博尔赫斯的所有短篇小说的情节都很凝练，很简单，但传达的内容却很丰富。卡夫卡的《审判》《城堡》《乡村医生》等耐人寻味的小说，构建的是荒诞世界荒诞人生的图景，读者的关注点绝对不会停留在看似庸常的情节上，而是情节背后十分深刻的东西。卡尔维诺、富恩特斯、科塔萨尔、萨拉马戈等一批现代主义的作家不在作品中浓墨重彩地强化情节，他们将简单的情节反复锤炼、淬火，使其价值有了质的改变。卡尔维诺的短篇小说《一个士兵的奇遇》，其情节一句话可以概括：一个士兵和一个女人在火车上共同行走了一段路程。这个司空见惯的情节，却被卡尔维诺不停地拉长，放大，展开，从中透视出了这个士兵对女性渴望、试探、畏怯的心理变化。萨拉马戈在其长篇小说《失明症漫记》中，对几个失明者的境况和心态反复叙述描绘，敏锐地洞察了人的冷漠无情、卑鄙邪恶，洞察这个世界不可忽视的荒诞。贝克特的小说《马龙之死》《结局》《世界与裤子》等作品中，很难捕捉到完整的情节链条，读到的似乎只是句子。不是情节在小说中失去了意义，而是这些作家们不再把虚构复杂的情节作为小说不可或缺的要素之一，他们设置情节，同时，他们淡化情节，但并不意味着淡化小说的意蕴和内涵，恰恰相反，他们从简单或朴素的情节中锤打出不一般的价值和更深邃的意义；好小说依赖的不再是情节，是深刻的洞察力，是提出新的价值，是对小说本体论诸方面的能力的扩展，包括对句式、叙述、语言的把控和充分地施展。

卡尔维诺的短篇小说《一个海水浴者的奇遇》，情节很简单，可以说是司空见惯的事情：一个叫伊索塔的女人在海水浴时，发现自己身上的泳衣不知道什么时候滑脱了。而此时，她的丈夫已经出海回城了，没有上岸的男人和女人们正在海水中嬉闹，岸上的游人如织。这可怎么办？卡尔维诺抛出了这个简单的情节后，目光并未紧紧地盯着情节本身不放，他让情节最大化地衍生出超越情节本身的意义来，对原有的情节进行开掘和升华。于是，他将笔触深入到了伊索塔的内心。女人竭力想平静下来，却做不到。由于身体的困惑，她有些绝望，泪水直逼眼角。尽管她蜷缩着身子，扭作一团，可是，身体上的隐秘之处还是十分醒目，她无法从困境中解脱自己。赤裸的、美好的身体成了女人精神上的重负。已经过了午后，好多人开始返回。尽管有船只和浮筏从伊索塔太太身边经过，但她没有勇气向他们求救。她首先考虑的是自己赤裸的身体，她的心态变了，觉得人们对她全是恶意，她十分焦灼，有求救的愿望，却发不出求救的呼喊，她信不过周围的男人们。至于女人，她曾向女人们呼救过，也许是女人们没有听见，没有过来救她，而她却以为女人是自私的，女人太傲慢，女人只会嘲笑她，女人没有善行，女人永远不会拯救她。伊索塔对人的失望乃至绝望是由自己的身体引发的。卡尔维诺从不同的角度分析女人的心理。在伊索塔的心目中，裸体不只是一具活生生的肉体，她给了肉体过多的社会负载，使负载生命的身体成了她的心理重负。

伊索塔在海水中泡了很长时间，午后的海水已经有些冰凉了，她的生命受到威胁，而她依然在道德的深渊中挣扎。她以为，海水中或海滩上的男人和女人们不愿意，也不可能接受她的裸露，人们会将她的裸露视为一种道德上的瑕疵或者人的罪行。而她觉得，她是无辜的、清白的，她没有道德污点，更没有罪行，而注视她的人才是有罪的。当她感到生命由于身体本身的缘故而受到威胁的时候，十分痛苦，泪如泉涌。正在她濒临灭顶之灾时，她得救了。有人开来了一条汽艇，把她拉了上去，给了她一条裙子。其实，救她的那个孩子和孩子的父亲早已窥知了她的窘境，才给她准备了裙子，拿给她，救了她。

卡尔维诺这篇小说超越情节本身的意义在于：我们必须认识到，作为一个自然人，人的身体的意义是它的本身。当人给自己的身体赋予社会意义之后，人的身体就不只是一具肉体，这是无可非议的，因此，它的裸露考验着自己，考验着与它接触的每一个人的道德，以全人性。伊索塔太太之所以因为身体而焦虑，而痛苦，甚至险些丢了性命，是因为她被身体所累，她给予身体的负载太过沉重，险些使身体坍塌。伊索塔太太的身体检验了她对人的认知，对自身的认知，对存在、对环境的认知。被困在海水中是一件麻烦事，但麻烦的不是她的身体，而是她的思维方式，是她的道德观、价值观；麻烦的也是文化对身体的误读和压迫。卡尔维诺似乎在告诉我们，身体就是身体，无论穿衣或裸露，不改变身体本来的存在。如果我们像伊索塔一样，只看到身体的社会意义，而无视它的自然存在，我们就会被自己的身体所困扰，甚至让身体把自己压垮。卡尔维诺从简单的情节中挖掘和升华出的是有关人的意义。

从卡尔维诺这个只有六七千字的短篇小说中，我们可以看出，优秀的作家，其情节在作品中，可以担当四两拨千斤的作用。好的作品，并非要组织惊心动魄的情节。当然，这也不是绝对的，美国正典作家斯蒂芬·克莱恩的经典短篇小说《海上扁舟》的情节就十分紧张，令人揪心。小说叙述四个人在风狂浪高的海水中是如何驾驭一条小船死里逃生的。求生的欲望把船长、加油工人、厨师和记者四个人牢牢地联结在一起，他们奋力和海浪搏斗，最终，逃出来三个，死了一个。据美国的评论家考证，小说的情节并非克莱恩虚构的，而是他亲身经历过的事情。这样的情节只能是可遇不可求。

总之，情节是人物展示性格的舞台，情节是小说思想成长的土壤，情节以故事的面貌展开，但它具有故事不可具备的隐喻、暗示、象征等属性。情节可以包容故事，改变故事，使故事有质的飞跃。故事是故事，情节是情节，故事和情节面目相似，携手而行，但并非可以合并同类项，成为一体。

第七章　句式、语言和叙述

先看看中国现当代文学史上几位作家小说的句式、语言和叙述。

旧历的年底毕竟最像年底，村镇上不必说，就在天空中也显出将到新年的气象来。灰白色的沉重的晚云中间时时发出闪光，接着一声钝响，是送灶的爆竹；近处燃放的可就更强烈了，震耳的大音还没有息，空气里已经散满了幽微的火药香。我正是在这一夜回到故乡鲁镇的。虽说故乡，然而已没有家，所以只得暂寓在鲁四老爷的宅子里。他是我的本家，比我长一辈，应该称之曰“四叔”，是一个讲理学的老监生。他比先前没有什么大改变，单是老了些，但也还未留胡子，一见面是寒暄，寒暄之后说我“胖”了，说我胖了之后即大骂其新党……

（鲁迅《祝福》）

把船停顿在岸边，岸是辰州的河岸。

于是客人上岸了，从一块跳板走过去。跳板一端固定在码头石级上，一端搭在船舷，一个人从跳板走过去时，摇摇荡荡不可免。凡要上岸的全是那么摇摇荡荡上岸了。

泊定的船太多了，沿岸泊，桅子数不清，大大小小随意矗到空中去。桅子上的绳索像纠纷到成一团，然而却并不。

……

烟与酒与女人，一个浪漫派文人非此不能夸耀于世人的三样事，这些喽啰们却很平常的享受着。虽然酒是严洌的酒，烟是平常的烟，女人更是……然而各个人的心是同样的跳，头脑是同样的发迷，口——我们全明白这些平常时节只吃酸菜南瓜臭牛肉说点下流话的口，可是这时也是粘粘糍糍，也能找出所蓄于心，各样对女人的谄谀言语，献给面前的女人，也能粗粗鲁鲁的把它放到妇人的脸上去，脚上去，以及别的位置上去。

（沈从文《柏子》）

三十年前的上海，一个有月亮的晚上……我们也许没赶上看见三十年前的月亮。年轻人想着三十年前的月亮该是铜钱大的一个红黄的湿晕，像朵云轩信笺上落了一滴泪珠，陈旧而迷糊。老年人回忆中的三十年前的月亮是欢愉的，比眼前的月亮大，圆，白；然而隔着三十年的辛苦路往回看，再好的月色也不免带点凄凉。

月光照在姜公馆新娶的三奶奶陪嫁丫环凤萧的枕边。凤萧睁眼看了一看，只见自己一只青白色的手搁在半旧高丽棉的被面上，心中便道：“是月亮光么？”凤萧打地铺睡在窗户底下。那两年正忙着换朝换代，姜公馆避兵到上海来，屋子不够住的，因此，这个房间下房里横七竖八住满了底下人。

（张爱玲《金锁记》）

两个人对面站着，春儿要矮半个头，她提起脚跟，按了芒种的肩膀一下，把针线轻轻穿过去，芒种低着头，紧紧合着嘴。他闻到春儿小褂子领子里发出来的热汗味，他觉得浑身发热，出气也粗起来。春儿抬头望了他一眼，一股红色的浪头，从她的脖颈涌上来，像新涨的河水，一下子掩盖了她的脸面。她慌忙打个结子，扯断了线，背过身去说：

“先凑合凑合着穿两天吧，等我们的布织下来，给你裁件新的！”

（孙犁《风云初记》）

一个好的作家，必定会用自己的作品把自己与其他作家自觉地区别开来；一个好的作家，必定有属于自己的句式、语言和叙述。假如我们把作者的名字抹去，只是读他的文章，就会知道，文章是出自哪个作家之手，这样的作家才是成熟的作家，有个性的作家。读《祝福》的开头一段，就可以看出，鲁迅先生的句式已经不是把文言文变为白话文那种“纯正”的汉语叙述，他的句子带着欧式翻译小说的味道——

灰白色的沉重的晚云中间时时发出闪光，接着一声钝响……

这种重复修饰的句式，是完完全全的欧式句子。他的叙述冷静，讥讽中含有尖刻的味道。沈从文的句式虽然也带有欧式句子的味道，但是，味道很淡很淡，他的描写和叙述行走在白话文的边缘，注重炼词造句。比如这两句：“大大小小随意矗到空中去。”“桅子上的绳索像纠纷到成一团。”这两句子中的“矗”和“纠纷”，都是形容词动用。杜牧的《阿房宫赋》中就有一句：“蜂房水涡，矗不知其几千万落！”汉司马相如《子虚赋》中就有“纠纷”的句式：“交错纠纷，上千青云”。这种句式和沈从文的句式没有二致。沈从文既继承和发挥了传统文风中对字和词的锤炼，又抓住了欧式句子的修饰特点，使二者结合在一起。和鲁迅先生相比，沈从文的叙述和描写，语调平缓而忧郁，和叙述的人与事拉开了很大的距离，仿佛站在远处的一个观众在观看表演，他压抑的情感带着嘲讽。他在正统的汉语——“沿岸泊”和带有修饰的欧式句子——“虽然酒是严冽的酒，烟是平常的烟”之间自由地游荡，将其糅合在一起。张爱玲的叙述情感是饱满的，甚至可以说是外溢的，她的欧式句子和纯正简单的汉语相搭配，渲染中有一种千姿百态的美感。她的语感、句式和《红楼梦》的语感、句式并不搭界。孙犁继承了汉语言的优长，不事修饰，短句式，像《红楼梦》中的叙述一样，在动词上用力，在长篇小说《风云初记》不足二百字的叙述中，用了“提起”“按”“穿”“合”“闻”“发”“出气”“抬头”“望了”“涌”“打”“扯断”“背过”十三个动词。孙犁的句式简单，语境明朗，他几乎不用复式句子。他恰如其分地运用了动作和副词，叙述节奏也很分明。他是纯粹的汉语叙述。他的叙述是简洁、明朗；缺陷是缺少力度。孙犁的这种叙述很难和长篇小说相匹配。《风云初记》之所以不是一部成功的长篇，和其语言缺少变化、分量太轻有关。

我们再看海明威和福克纳两个人迥然不同风格的句式和语言。

一个戴钢丝边眼镜的老人坐在路旁，衣服上尽是尘土。河上搭着一座桥，大车、卡车、男人、女人和孩子们在涌过桥去。骡车从桥边蹒跚地爬上坡去，一个士兵帮着推动轮辐。卡车嘎嘎地驶上斜坡就开远了，把一切抛在后面，而农夫们还在齐到脚踝的尘土中踌躇着。那个老人坐在那里，一动不动。他太累了，走不动了。

（《桥边的老人》）

她的话音不愿陡然打住，它宁愿干脆渐渐消失。房间里会出现一片带淡淡的棺材味儿的昏暗，由残酷、阒寂的九月阳光所炙晒蒸发并高度蒸发，使外墙上二度开花的紫藤给这片昏暗添上甜味甚至变得太甜，而时不时传进来的雀群那响亮的翅膀拍击声，这声音蛮像一个闲来无事的男孩在挥动一根有弹性的扁木条，透过来的还有一股长期设防禁欲的老处女的皮肉发出的酸臭。与此同时，从那把椅座太高，使她看上去像个钉在十字架上的小孩的椅子上，在袖口和领口那一个个花边组成的白蒙蒙的三角形的上方，有一张苍白憔悴的脸在注视着她；那并没有陡然打住而是渐渐消失隔了段时间又渐渐响起的话音，像一道溪流，一行细流从一摊干涸的沙砾流向另一摊，而那鬼魂则以微妙的温顺态度在沉思，仿佛这话音正是供它出没之处，换了命好点的鬼魂是可以有一幢凶宅出没的。

（《押沙龙，押沙龙》）

从摘录的两段不长的叙述中可以看出，两位小说大师的叙述、语言和语境截然不同。

有人称海明威的语言是电报式的，正确、简洁；我以为这种概括有失偏颇，海明威的语言不是正确和简洁能够概括的，当你通读了海明威的诸多作品后，就会明白，海明威看似干硬、简单，甚至有些枯燥的语言背后有令人思考、回味的东西，有潜在的质地。一座桥，一个老人，一辆车……海明威对这些人和物不加修饰，不渲染，他好像拿一架摄像机在拍摄，镜头中，桥是桥，老人是老人，车是车，原封不动地呈现着。这是他的叙述，他的语言，他所制造的语境。可是，当你读完这篇小说后，你就知道，海明威为什么要这么看似简单地拍摄。因为，他所要表达的东西就包含在这简单之中，简单乃至枯燥是他的小说内容的一部分。如果对桥和老人加以详尽的描述，就和当时的战争氛围不合拍了。战争不可避免地将人的行为简化了——海明威叙述的是战争时期的境况。如果用华丽、烦琐的言辞、句式去叙述，更不符合虽然很累但精神尚好的老人此时的心态。海明威的语言清澈、凝练、准确、流畅，他的每个字，如同钉子一样，钉在纸上，牢固而坚实，这种语言风格是汉语写作者很难仿效的——海明威不只是汲取了美国口语的要素，他简练的文字后面暗含的东西太多，如果仿效海明威那样的句式，留在纸上的也许只会剩下干硬和枯燥了，因为，海明威的叙述不只是句式和语言的面貌，他的叙述是它独特的艺术美学观的表达。

墨西哥的小说大师胡安·鲁尔福的作品中，其句式、叙述和语言似乎可以窥见海明威的影子，他在短篇小说《那个人》的开头叙述道：

> 那个人双脚踩进沙里，留下不成形的足迹，像是兽蹄印似的。他在岩石上爬着。上陡坡时，便弓着腰向上走，寻找着山巅。

像海明威一样，鲁尔福的语言是洗练的；像海明威一样，鲁尔福也喜欢用重复句式。仔细阅读，他的句式还是和海明威大有区别的，海明威的句式只有躯干，没有枝叶，鲁尔福的句式既有躯干，也有枝叶；海明威的句子中的语气是客观的，客观而冷静；鲁尔福的句子也是客观的语气，他的客观中流露着倾向性、判断性。鲁尔福的句式、叙述，有一种凉飕飕的阴冷感。简洁、凝练是它们的共性。鲁尔福用单词排列组合的句子背后没有海明威句子暗含的内容丰富。

福克纳不是语言的运用者，他是语言的创造者。他要语言在他面前屈膝弯腰，为他的叙述服务，只要能表达他所叙述的内容，他把单词掂在手中随意点拨、调遣。他的一些句子使他的编辑无所适从，也使一些评论家因此而诟病。如美国的一些评论家所说：他的句子过于繁复，这些句子雕琢得奇形怪状，错综复杂到了极点；蔓生的句子，一个接一个；隐隐约约处于同位关系，或者甚至连这隐约关系也没有了插句和带插句，而插句本身里又是一个或几个插句很长的句子，甚至一口气读不下去。他的句子、句式使一些读者困惑不安、心烦意乱。可是，我还是认为，他确实是语言大师，他那复式套复式的句子虽然使你眼花缭乱，但你在惊讶、愤慨之后，钦佩之感油然而生。他正是用这种句子，这种叙述，把人物很难把握的、十分复杂的心理状态写出来了——一句话，那些难以表述的或不可表述的人物心态，事物形态，社会形态，就像这个世界还有诸多没有被认识被命名的诸多事物，被福克纳敏锐地发现了，命名了，表述了——只有天才作家才能做到这一点，平庸的作家只是遵循着别人的价值去重复，而天才作家却可以创造价值——这种句子、句式就是一种新的价值。福克纳是耗费心血而创造这些句子的，我们阅读他的作品，从中强烈地感觉到，他的想象飞驰飘逸，惊世骇俗。他的叙述激情澎湃，恣意汪洋，好像屏住气息，尽情倾吐——这是需要耗费心智的；他的词语如潮水般卷来，排山倒海，铺天盖地，浪花飞溅，读者不由得卷入其中，享受的是前所未有的语言洗涤、冲刷，乃至被他自造的词语和繁复的叙述暴力般地袭击，以致惊诧、懵懂。读者读到的是这位天才作家用语言、叙述所构建的画面、景象，他用出其不意的叙述、语言把人物内心或肮脏或美好的东西赤裸裸地剖析出来，呈现在读者面前。二十世纪，世界上那么多优秀的作家，唯有福克纳能做到这一点。他创造的语言是奇葩，是一种令人心动，甚至心悸的美。福克纳的句子、叙述、语言、语境也是难以模仿的，我们在一遍又一遍的阅读中只能一遍又一遍地品味，从中汲取营养。

语言不仅仅是工具，语言是小说艺术的内容。语言是人存在的表述。语言是作家性格在纸上的复印。你的叙述语言将泄露你的人生密码，你是什么性格，什么人格品性，藏在你的叙述语言的褶子里。

作为一个有创造愿望、创造能力的作家，既要遵守语言纪律，语言规范，做到准确、贴切、生动、优美，又要有勇气创造适合自己的句式、叙述、语言。如果身陷范围的囹圄，在语言规范的四堵墙中蹲守，这些写作者只适宜于起草公文、合同、通知之类的文件，而不适宜于小说、诗歌创作。

我们的汉语语言，不论是民间方言、口语还是书面语言都是极其丰富、细腻、细致的，其词汇可以说是浩瀚如海：每一个字词都有其独特的意境、意味、意义和所指。先贤们，尤其是唐宋以降的诗人作家们将汉语发挥得淋漓尽致，其意象、其夸张、其含义、其隐喻以及名词动用、形容词动用等修辞方式，是写作者学习、借鉴、发挥、创造的源头。特别是唐诗、宋词、《红楼梦》的语言，是汉语宝库中的瑰宝，对语言的排列组合达到了炉火纯青的程度。比如《红楼梦》中对动词的运用：晴雯“哧”地一笑和晴雯“扑哧”一笑，虽然只是多一个字和少一个字的区别，表达出来的心情完全不一样。“哧”地一笑，是发自内心的笑，或被他人惹动的笑；而“扑哧”一笑，则是腼腆的、收敛的笑。比如《红楼梦》第十四回开场，宁府总管赖升闻知请了荣府的凤姐来经管北静王到来一事，他对手下人说：

> 如今请了西府里琏二奶奶管理内事，倘或她来支取东西，或是说话，小心伺候才好。每日大家早来晚散，宁可辛苦这一个月，过后再歇息，别把老脸面扔了。那是个有名的烈货，脸酸心硬，一时恼了，不认人的！

赖升这段话中，一个“烈”字就概括了凤姐的为人处世，写活了凤姐性格的一个侧面。“脸酸”这两个字中，“酸”字的运用更是叫绝，是艺术通感的运用。面部的表情，按规范写作，只能是在视觉范畴内选择字词，而曹雪芹却用了味觉，一个“酸”字，把凤姐的为人刻薄，喜怒于色，展示得一览无余。而赖升的言语，很符合一个管事的小头目的身份。《金瓶梅》中，写西门庆和瓶儿去葡萄架旁边的假山洞中幽会，不足一千字中，一个“鞋”字就出现了几十次。对“鞋”——那种三角形的小脚女人穿的绣花鞋，如此反复提起，无不带有寓意，在当代人前些年举办的性展览中，这种三角形的鞋，作为性物来展览。可见，作者也知道，他之所以反复写“鞋”，那“鞋”是有所指的。仅仅一个“鞋”字，其内涵与外延不言而喻。

无论是唐宋的诗人散文家，还是明清以降的小说家，他们对自己笔下的语言的要求都到了苛刻的程度，以至有了“僧敲月下门”还是“僧推月下门”的佳话。在汉语言的运用中，特别要用好动词和副词，一个贴切的动词，如同一根杠杆，可以撬起你的一部文本。当然，这也不是定律，我们常常觉得，在小说散文的叙述中，要慎用形容词，可是，苏联写出了《骑兵军》这部优秀作品的巴别尔却对形容词情有独钟。

德国获诺奖的小说家君特·格拉斯的长篇小说《铁皮鼓》，是由主人公奥斯卡·马策特拉以自供状的形式供述的，也就是说，是第一人称叙述的小说。尽管，作品是口述的方式，其句子、句式和语言，个性特色很鲜明：

> 她（祖母）闭上眼睛，吹着灰土。当她认为吹得差不多了的时候，她先睁开一只眼睛，再睁开一只眼睛，用牙缝颇宽、此外别无缺陷的门牙咬了一口，随即将咬剩的土豆挪开，咬下的半个粉状的、

不太烫的土豆则留在张开的嘴里冒着热气。她的鼻孔鼓着，吸着烟和十月的空气，圆睁的眼睛沿田地望去，直盯着被电线杆和砖窑烟囱上端整三分之一那一段分割开的地平线。

仅仅一百五十个汉字，格拉斯就写活了一个上了年纪的女人的形象和心理状态。格拉斯的叙述节奏是缓慢的，语气是紧张的，句子是紧凑的，语言是十分生动的。讲述者紧紧地抓住了几个动作的完成，也就是说，对动词十分贴切地运用。比如:“睁开”“再睁开”“咬”“挪开”“鼓着”“吸着”“圆睁”“望去”“盯着”。作者用这几个动作告诉读者，祖母吃烤熟的土豆时是急迫的，心中忐忑不安。她虽然不顾土豆的烫热，吃着土豆，可是，她心中还是牵挂着什么，所以才“望”，才“盯”。作者用“牙缝颇宽、此外别无缺陷的门牙”这一简洁的描写，就暗示了，这是一个什么年龄阶段的女人。从她“鼻孔鼓着”“圆睁的眼睛”可以看出她具有什么样的性格。同时，这一百五十个汉字构成了一种特定情境下的语境氛围。

所谓艺术创造，对于小说家来说，首先是语言创造。古今中外，所有的艺术大家，都有属于自己独特的语言天地。

我在小说创作的头十年，向孙犁老先生学习，从他那里汲取营养。他的小说散文中，语言准确和贴切使我钦佩，他对汉语言的把控、运用，尤其他的短句式的节奏和音乐感，从我开始学习创作，就影响了我。我的小说句式采用的是三五个汉字，或六七个汉字的短句子。随着对欧美小说的广泛阅读和研究，随着自己创作视野的开阔，我觉得，孙犁老先生那种句式、叙述，是他平静、沉稳的心态的写照，是他的性格的映显。他的句式不适合意识流、心理分析、内心独白这些现代小说的语境和叙述。他的语言，不是那种喜怒于色，敢于泼洒情感，不守语言既定规矩的作者得心应手的工具。他的句式，不适合长篇小说的叙述，尤其不适合人物众多，人物性格复杂，场面宏大，气势磅礴的长篇小说的叙述。

孙犁老先生在他的创作谈中，告诫晚辈，在小说、散文创作中，在对语言的运用中，要在动词和副词上下功夫，慎用和少用形容词。当然，老先生的告诫是诚恳的、有益的。汉语言文字不仅博大，而且精细，每一句叙述，同样的动作，可供选择的动词不是一个两个，准确、贴切地选择好可供使用的动词，可以准确、贴切地写出人物的心理状态，可以恰如其分地叙述你所叙述的场景。老先生之所以告诫晚辈作家慎用或少用形容词，一是因为，过多的形容词会使句式显得累赘，造成了阅读障碍；二是因为，形容词具有宽泛性和概括性，缺乏准确性，比如“兴高采烈”，用来形容张三或李四都能反映他们的心情。可是，伊萨克·巴别尔却对形容词能独具匠心地运用，且看，在不同的短篇小说中，巴别尔是如何使用形容词的。

铁面无私的夜。令人惊诧的风。一具尸体的指头在翻拣彼得堡冻僵的肠子。紫红的药方冻僵在角落里。药剂师把精心梳理的脑袋歪向一旁。严寒攥住了药房那紫红的心脏。药房的心脏于是衰竭了。

（《伙计》）

饥饿锯子似的在锯我，就像一个笨手笨脚的孩子折磨小提琴的琴弦。

水晶灯发出的丝绸般黄色的光芒在我头顶上方飘浮。暖气管里冒出一股莫名其妙的暖流。深陷的沙发用安宁环抱着我冻僵的身体。

（《在皇后住处的一个晚上》）

在那个时节，在我们这儿，可不像俄罗斯腹地那样，在缓缓而流的小河上空，在谦逊的河谷上空，空气中荡漾着的是甜丝的宁静的柔情。笼罩在我们这儿的是美不胜收的凉意。

（《童年·与祖母相处的日子》）

这类女子善于把她们经营得法的丈夫的金钱，化作她们腹部、后脑勺和圆润的双肩上的粉红色脂肪。

（《吉·德·莫泊桑》）

巴别尔曾经说过：

我对形容词所持的态度，也就是我一生的历史。如果我要写一部自传，它的题目或许叫《一个形容词的历史》。我在年轻时认为，华丽的东西就是要用华丽的词语来表达，结果发现并非如此。结果发现，常常需要走相反的路。我在这一生里头“写什么”的问题几乎永远清清楚楚，如果说我一时无法把这一切写在十二页纸上，我始终缩手缩脚，那也是我始终在挑选语言。这些词一要有分量，二要简单，三要漂亮。

因为巴别尔对词语有严格的、苛刻的选择和要求，他笔下的每一个词、每一句话，才运用得恰如其分，不可更换。想想看，有谁能把夜写为“铁面无私的夜”，有谁能把风写为“令人惊诧的风”，有谁形容饿是“锯子似的锯我”？只有巴别尔。巴别尔对形容词把控得如此准确，如此完美，是他对生活，乃至生命体验得透彻入骨的结果，不只是对修辞学的精到。仅仅靠观察，仅仅靠炼词，巴别尔的语言不会如此柔和而有力，不会漂亮得令人瞠目结舌。在他的一些作品中，不论是形容词还是动词，仿佛是神仙所赐，不只是漂亮，而是具有神性，比如他在短篇小说《父亲》中，这样写暮色四合时的景致：

残阳紫红色的眼睛扫视着下界，于入暮时分

擒住了在大车底下打呼噜的格拉奇。一道稍纵即逝的夕晖射定在这个睡大觉的人脸上。火辣辣地数落着他，将他撵到了尘土飞扬、像风中的黑麦那样闪着光的达利尼茨街。

对于月亮和月光，古今中外，无数文人咏叹过，描写过，在《哥萨克小娘子》中，巴别尔这样写月亮：

她看到儿子和月亮，月亮破窗而入，投入她的怀抱。月亮活像一头迷途的小牛犊，在乌云中跳动。

在短篇小说《新生活》中，巴别尔观察到、体验到的正午是这样的景象：

蓝得令人目眩的正午充满暑热的寂静声。在光洁而蓬松的白云映衬下，燕子划着椭圆的弧线轻盈地飞翔。花圃与贪婪地铺满了沙沙作响的嫩草的小径，朴素大方的调皮话在周围回响。

和海明威、卡佛们的简洁、简约相比，巴别尔在名词、动词前像珍珠一样缀着形容词的语言，更能凸现出巴别尔对生活、对人生不同于其他作家的独特的体验，更能凸显出巴别尔个性明朗的艺术追求。作家依语言而存在，语言问题不只是风格问题，语言是作家才情的摇篮，语言更是作家性格的书写，作家有什么样的性格，笔下就会有什么样的语言。只能说，巴别尔不只是用小说的叙述、结构、故事把自己和其他经典作家区别开来，也是用语言、用形容词塑造了独特的自己。

由于句子、叙述和语言的差异，每个作家的叙述基调，叙述方式不尽相同。当然，这也和叙述的速度、角度、节奏以及作家对叙述风格的追求相关联。

纳博科夫的长篇小说《洛丽塔》和君特·格拉斯的《铁皮鼓》都是以“供词”的形式叙述的，两部长篇巨著的叙述角度、叙述口吻有相似之处，但又有很不同的地方。

《洛丽塔》的开篇，纳博科夫是这样叙述的：

> 洛丽塔是我的生命之光，欲望之火，同时也是我的罪恶，我的灵魂。洛—丽—塔；舌尖得由上腭向下移动三次，到第三次再轻轻贴在牙齿上：洛—丽—塔。
>
> 早晨，她是洛，平凡的洛，穿着一只短袜，挺直了四英尺十英寸长的身体。她是穿着宽松裤子的洛拉。在学校里，她是多莉。正式签名时，她是多洛蕾丝。可是在我的怀里，她永远是洛丽塔。

叙述者是美国一个叫亨伯特的白人中年男子，是洛丽塔名义上的继父，是洛丽塔实际上的“情人”，是一个道德败坏的魔鬼。这部《洛丽塔》是亨伯特在法庭上的供词，也可以说是一份病态心理的病案录。在亨伯特的“供词”中没有淫秽之词，但是激情饱满，感情外露，毫不掩饰做作，坦诚、真诚，带有伤感、留恋、回味、忏悔和意淫的意味，比如，他在供述他年轻时和一个小他几岁的女孩儿安娜贝尔幽会时，是这样讲述的：

> 我把我跟安娜贝尔首次不顺利的幽会的记述保留下来，作为我的“安娜贝尔”时期的结尾……我吻了吻她张开的嘴唇和滚烫的耳垂，她浑身颤动，直打哆嗦。一簇星星在我们头顶上细长的枝叶的黑色轮廓间闪着微光，那个生机勃勃的天空似乎和她轻盈的连身裙下面的身体一样赤裸裸的。我在天空里看到她的脸，异常清晰，仿佛放射着它自身微弱的光芒。她的腿，她那两条可爱的、充满活力的腿，并没有并得很紧。当我的手摸到了想要摸的地方时，她那娇憨的脸上闪现出一种半是快乐、半是痛苦的朦胧、胆怯的神情。

从亨伯特的这两段“供词”可以读得出，纳博科夫给他的主人公准备的这个“供词”既有“说话”的口吻，也有优美的散文的文风，亨伯特既在忠诚地忏悔，又在不无淫荡地回味、咀嚼。因此，这份“供词”，其实是用第一人称讲述的小说故事；因为采取的是供词的方式，所以，可以给小说的真实性、真切性加分。

《铁皮鼓》中，主人公奥斯卡·马策拉特的“供词”就大不一样了。奥斯卡因涉嫌谋杀护士罗泰娅姆而被强制送入护理和疗养院，观察他是否有精神病。《铁皮鼓》是奥斯卡在病床上擂鼓回忆，记叙往事，自己写下的一份“供词”。

小说开篇写道：

> 供词：本人系护理和疗养院的居住者。我的护理员在观察我，他几乎每时每刻都监视着我；因为门上有个窥视孔，我的护理员的眼睛是那种棕色的，它不可能看透蓝眼睛的我。

因为奥斯卡不是常态的男人，他是一个只有一米二高、鸡胸驼背的侏儒，是一个“超人”。他有一副铁嗓子，乱吼一声，窗户上的玻璃可以成为碎片。因此，他的供词，因果关系有时是混乱的；有时话语出口，仿佛呓语梦境。供词的时间、空间也是混乱的。他的供词不像《洛丽塔》中的亨伯特，亨伯特的供词是顺时序的，有条不紊，而且语言优美，语调轻松，有自我欣赏和玩世不恭的味道。而奥斯卡的供词不只是时空混乱，而且自始至终是口语化叙述，叙述平实，不像亨伯特那样激情飞扬，他时而狂妄，时而低沉，时而浪漫。奥斯卡的供词并非一直按照“我”这个角度讲下去。在供述中，一旦转入第三人称——他者的叙述，不时地将“我”转换为“他”——奥斯卡。诸如：

“奥斯卡还在左思右想的时候，玛丽亚口渴了。”“奥斯卡断言”“奥斯卡从不把照片送给她们，因为照片是不应该送给女人的——她们只会滥用。”

这样自如地转换叙述，可以通过他者的言谈举止，把笔触深入到奥斯卡的内心。

《洛丽塔》和《铁皮鼓》的叙述相同之处在于：两部长篇的口吻都是口语化的，都用第一人称叙述，可是，两部小说中的叙述者叙述的语调不同，节奏不同，声音不同，传达的情感不同，表述的意味不同。《洛丽塔》中的亨伯特的供词有自我言说的味道，有自我把玩的意思。作者强调的是其真实性;《铁皮鼓》中的奥斯卡的供词，夸张中有诙谐，他只按照自己的所作所为、所思所想去供述，作者并没有强调其真实性。第一人称的叙述，按照语言学来说，无论是亨伯特，还是奥斯卡，他们口中的“我”是自我指涉，“我”的供词等于代替作者站出来叙述，因此，时间长度的把控，空间的转换，对“我”来说，都有其自由的伸缩度。《铁皮鼓》中涉及时间长达六七十年，空间多次转换，都是“我”的叙述范畴。可是，用“我”这个人称代词去探究“我”以外的人的心理状态，所思所想，以及更隐秘的心态就有很大的困难。

菲茨杰拉德的长篇小说《了不起的盖茨比》完全可以用第三人称“他”的角度叙述，作者却放弃了全知全能的第三人称叙述，用第一人称“我”的视角，塑造了一个形象丰满的、性格比较复杂的人物。用“我”去叙述“他”，而且能写出“他”的心理状态，而不用我“占有的话语权”去取代盖茨比，要做到这一点，确实不容易。菲茨杰拉德除了使用第一人称视角、对话等方式外，还使用揣测对方心理、评价其行为等方式来塑造人物形象。

在长篇小说的叙述中，大多作家是采取全知全能的第三人称叙述的。

托尔斯泰的《安娜·卡列尼娜》的叙述是作者全知全能的第三人称，其叙述者和作者托尔斯泰是平行的。开篇是一句议论：“幸福的家庭是相似的，不幸的家庭各有各的不幸。”这一句议论，给整部作品定了调子——这是一部有关家庭生活、情感故事的小说。接下来，是一个果因句式：“奥布朗斯基家里，一切都混乱了。”先道出结果，然后，从为什么家里“一切都混乱了”进入原因的叙述。叙述在两条线上展开，一条是安娜的线索，一条是列文的线索。安娜的一只手牵着列文，一只手牵着渥伦斯基，其中，安娜是中心人物。无论安娜或列文感情是多么热烈，人物之间的矛盾冲突是多么激烈，托尔斯泰的叙述始终保持着作品一开始定下的调子——舒缓、平稳，而且，不时地有道德性的说教穿插在故事的叙述中间，叙述者毫不遮掩地出现在叙述中。

和托尔斯泰相比，福楼拜的《包法利夫人》要客观、冷静得多。在《包法利夫人》的叙述中，福楼拜隐没了。尽管，叙述者是全知全能的，人物一出场，福楼拜就用了“我们”——第一人称的复数来叙述。“我们”眼里的包法利是——

> 一个乡下孩子，十五岁左右，个子比我们谁都高。头发顺着前额剪齐，像乡村教堂唱诗班的孩子，神情规矩而十分局促不安。他肩膀不算宽，但身上那件绿呢黑纽扣的上衣，抬肩似乎太紧，袖口露出裸惯的红红的手腕子。浅黄色长裤的裤管被背带吊得老高，穿蓝色袜子的小腿裸露在外头。脚上一双钉了钉子的皮鞋，非常结实，但擦得不亮。

夏尔·包法利似乎不是福楼拜叙述的，而是“我们”视野中的、印象中的、带有“我们”评判的夏尔·包法利。

福楼拜的这种对象化叙述在《包法利夫人》中从开篇到结尾，进行到底了。包法利夫人爱玛是丈夫眼中的爱玛，是被莱昂和罗多尔夫这两个男人勾引到手的爱玛。这样的叙述，达到的效果是纯客观，好像这个人物是客观存在的，是“我们”看见的，和“我们”生活在一起的现实中的“这一个”。如莫泊桑所要求的那样：“一页一行，一句一字，都不应该流露出作者的观点和意图的丝毫痕迹。”自从福楼拜的《包法利夫人》问世后，小说的叙述就出现了崭新的版本，因为，福楼拜改变了司汤达、巴尔扎克等人包揽一切的叙述方式，小说叙述有了革命性的改观，叙述者不再参与到文本之中指指点点，而是让小说按照小说的故事轨迹前行，作者不再和小说故事有密接。所以，有人说，现代主义小说始于《包法利夫人》。

库切的长篇小说《夏日》在叙述和视角上创造了一种新的方式。《夏日》讲述：作家库切死后，有一个英国作家要给库切写一部传记，于是，翻阅了库切的日记，采访了库切的情人、表姐和同事。库切的人生往事是他的情人、表姐和同事讲述出来的。他的情人、表姐和同事讲述的有关库切的人生经历是虚构还是真实的，显然，是作家库切虚构的。他采取传记的形式来叙述，是为了使作品显得更真实——因为传记这种文体本身要求其真实性，可是，库切的真实传记，并非实写，而是库切虚构的，他之所以这样叙述，一是为了力求小说的“真实”性；二是为了在小说和传记文学之间寻找一条新的路子；三是为了探讨传记和虚构之间的关系。虽然，这部小说在结构上，是传记文学的形式，人为痕迹很明显，库切在小说叙述上却呈现出了新的面目。

二〇〇七年获诺贝尔文学奖的英国女作家多丽丝·莱辛一再强调，她的长篇小说《金色笔记》是一次突破形式的创造，是一次突破某些意识观念并予以超越的尝试。《金色笔记》是一部有关灵魂的小说，是一部心理小说，可以说，作者把女人的灵魂赤裸裸地呈现在了读者面前。主人公安娜的丰满的形象是由她的盲目、茫然、迷乱以及多变的心理和复杂的人物性格构成的，安娜是一个不可轻易用道德判断、界定的女性形象。她宣称自己在追求“自由”，其实，她追求的“自由”是一个正常女性的无所适从，她试图以性的满足来弥补灵魂的失重，往往带来的是无法言说的苦涩，并非灵魂的挽救。陶醉在性爱中的安娜被欲望淹没了，而性的满足之后，她又陷入了迷茫和骚动不安，之后，再一次性冒险，再一次迷茫……直至她的人生进入了一个怪圈。

无论是叙述语言，还是叙述形式，在《金色笔记》中，莱辛都有其新的创造和突破。莱辛采用黑、红、黄、蓝、金五种笔记的形式，外加一部《自由女性》的中篇小说进行叙述。作者把同一个安娜用相同或不同的名字切成六块，放置在五种笔记和一部中篇小说中，用不同的叙述角度，在不同的时空进行叙述，以此来完成作者的创作意图，以此来塑造一个心理复杂、形象丰满的女人。当然，多角度叙述并非莱辛的首创，福克纳的《喧哗与骚动》《我弥留之际》是多角度叙述的范本。土耳其获诺奖的作家帕慕克的长篇小说《我的名字叫红》也是采用多角度的叙述。莱辛不仅娴熟地运用了五种笔记、一部中篇小说的多角度叙述，而且写到什么程度断开，变换角度，莱辛都运用得十分自如。莱辛的多角度叙述不同于《喧哗与骚动》，把几个人物的故事讲述一遍，又讲述一遍；也不同于《我弥留之际》的多角度多人称的叙述。莱辛多角度叙述的是安娜一个人的故事，她的笔触深入到了人物的心中去，剖析的是人物复杂的心理状态。五种笔记，不仅是五个时空，也隐喻了安娜不尽相同的心理变化。和帕慕克的《我的名字叫红》的多角度叙述有一种割裂的感觉——故意把人物割裂开叙述，人为的痕迹十分明显，有生硬之感，而《金色笔记》没有这些硬伤。

《金色笔记》中有一部中篇小说《自由女性》。《自由女性》是对五种笔记的补充。这是小说中套小说的叙述方式。《自由女性》的主人公被命名为爱拉，爱拉是一个叫安娜的作家塑造的女性。读者看得清清楚楚，这个爱拉就是五种笔记中的安娜。莱辛只不过是变换了一种叙述角度而已。如果说，在五种笔记中，莱辛已经给安娜画了一张灵魂的画像，在《自由女性》中，作者给安娜的灵魂来了点睛之笔，下笔毫不留情，而且有点狠。尽管安娜追求独立，追求自由，也算坚强，可她在爱的房间里东张西望，没有道德坚守，没有情感追求，没有精神依托，最终导致灵魂崩溃。莱辛其实写出的是当代西方女性共同面临的心理困境。

传统的小说叙述往往讲究故事的完整性，有开头有高潮有结尾，有悬念有跌宕有谜底，波浪起伏，环环相扣。莱辛和其他一些西方现代主义的作家不这样做，他们似乎看出了这种叙述的虚假性（一切都是人为的）和危险性（有严重的编造痕迹）。《金色笔记》的多角度叙述也是人为结构的，但莱辛和莱辛们的多角度叙述虽然放弃了故事的完整性，他们追寻的是人物的心理流程，他们将人物内心的复杂性、真实性作为生活真实的依据，不断地探究、追求。心理真实是生活真实的源头。

在多角度叙述中，莱辛进行了多方面的探索。《一个未婚男人的传奇故事》是莱辛一九七二年发表的短篇小说。就故事而言，这个短篇没有出彩的地方，作者叙述一个流浪男人的感情历程，叙述一个不负责任、没有道德感的白人男性对女人的欺骗。在翻译为汉字仅仅一万多字的短篇小说中，莱辛娴熟地运用了多角度叙述的方法，小说有四个叙述角度：

（一）“我”——一个十至十二岁的小女孩的叙述角度。叙述者通过一个女孩子的视角观察、看待一个叫作约翰尼·布莱克沃西的男人的一言一行、一举一动。这个男人在女孩子心目中究竟是什么样的人，作者进行了客观冷静的叙述。

（二）叙述者使用小说套小说的方式刻画约翰尼。叙述者在一篇小说中读到了别人塑造的男主人公，而这个男主人公就是约翰尼。约翰尼的人性弱点被小说中的小说叙述得淋漓尽致。

（三）叙述者用给他人写信的方式塑造约翰尼的形象。在叙述者写给他人的信中讲述了约翰尼的为人处世，性格缺陷。

（四）他人视角中的约翰尼。叙述者通过一个非洲的朋友讲述约翰尼，将约翰尼灵魂的丑陋展示得一览无余。

这四个叙述角度如同支在四个不同方位的摄像机，将约翰尼这个情场老手的五脏六腑清晰无比地拍摄了下来。莱辛笔下的约翰尼，就像站在舞台中央的表演者，他的任何伎俩都逃不脱四个摄像机。要在篇幅不长的小说里，转换四个叙述角度，非足够的功力不可，莱辛正是用这样的多角度叙述，活灵活现地塑造了一个血肉丰满的人物形象。

智利著名的小说家罗伯特·安布埃罗的长篇小说《斯德哥尔摩情人》出版后，被翻译为多种文字。一些评论家将其称为“元小说”。我觉得，《斯德哥尔摩情人》有人性深度、思想深度，在叙述基调、叙述方式上，有其独特之处，有值得研究、探讨的地方。

《斯德哥尔摩情人》是拉开了侦探小说的架势开始叙述的。开篇就写道：

> 一个星期前，我邻居的妻子死了。可是我直到今天才知道。对这个消息实在感到太茫然了，闹得我无法静下来写这部小说。

作品一开始就告诉读者，一个侦探小说家在写一部侦探小说。其实，当你读完这部小说后，你会发觉，这不是一部侦探小说，侦探小说家并没有按照案件发生——侦查——破案的套路去写。侦探小说的写法不过是作者的一种叙述方式。既然作者用侦探小说的架势在“欺骗”读者，就一直“欺骗”下去。

接下来所发生的事情，作者还是按照侦探小说的方式叙述。既然死了人，警方必然要介入，而警方经过侦查，认为侦探小说家克里斯托瓦的邻居的妻子是吃安眠药自杀的，而邻居家的用人却认定女主人是他杀。用人的观点还未得到证实，用人就被人杀死了。这一情节，埋下伏笔，使案件变得扑朔迷离。因为，侦探小说家认定自己的妻子有了外遇，怀疑她的不贞。做艺术品生意的妻子要和一位俄国商人谈生意，克里斯托瓦在跟踪妻子的时候，恰巧赶上妻子和俄国人为生意之事争吵，克里斯托瓦担心妻子会被俄国人伤害，竟然用台灯砸死了俄国商人。这件事本来神不知鬼不觉，却偏偏被躲在暗处的一个嬉皮士女孩看见了，她以此来敲诈克里斯托瓦。他的邻居也声称，他有证据证明克里斯托瓦杀了人。而警方的调查，也使气氛变得紧张了。这是生活中发生的事情，也是克里斯托瓦小说中的情节。作者叙述到这里，告诉读者：这件事，作为生活是真实的，作为小说是虚构的。在警方的眼里，这是真的，克里斯托瓦就是杀人犯。而克里斯托瓦却认为，这只是小说情节，是他虚构的。他不让警方看他的手稿。这就是有些批评家所说的“元小说”，是关于小说的小说。作者在小说中不仅虚构故事，而且告诉读者，小说就是这样编织的。我要强调的仍旧是小说的叙述方式——《斯德哥尔摩情人》看似侦探小说的叙述架势，其实和侦探小说不沾边。这正是作者对小说叙述的探索和贡献。

小说的结尾不是侦探小说的真相大白，而是契诃夫小说式的出人意料，警方的一个探长几年以后找到了隐名埋姓的克里斯托瓦。克里斯托瓦得知他的小说手稿到了探长手里，竟然自杀了。克里斯托瓦杀死俄国商人只是小说——他的手稿中虚构的情节，真相是：克里斯托瓦跟踪的妻子的情人，正是死了妻子的邻居。对此，克里斯托瓦心知肚明，却没有写进小说里。这样一来，妻子的两个情人，一个是虚，一个是实。一个是俄国商人，一个是男邻居。真真假假，虚虚实实，人既在生活中，又在小说中。作家安布埃罗最终告诉读者：这不是侦探小说。小说不是生活，生活不是小说。一些评论家所说的"元小说"归根结底还是小说。安布埃罗对人是绝望的，这是他和卡夫卡、加缪的相通之处。在这部小说中，他所要说的是：人生是一个大圈套，如果非要寻找真相，就会陷入其中，难以自拔。

从《斯德哥尔摩情人》中，我们可以看出，小说叙述的路子是宽广的。一个有追求的作者，绝不能得到素材就写，而是要找到和素材相适应的，适合于自己的、具有创新意义的叙述方式，方可动笔。

在小说创作中，有一种叙述叫概括叙述。概括叙述是十九世纪批判现实主义作家们的一种叙述方式。概括叙述的优势在于：它具有简洁精练的美感，它可以概括人物性格上独特的地方，给人物增加深度和强度；可以披露作品的深层意蕴，揭示寓于故事情节中的人生哲理；也可以画面式地呈现人物所处的空间。

概括叙述使故事的速度变慢，缓冲作者在讲述故事中产生的紧张、不安和焦虑。

我们必须看到，概括叙述可以将叙述中的时间切断，或者将空间更换。因此，概括叙述要恰当，在小说中不能经常出现，过多的概括叙述，就会使故事不能持续展开，同时使节奏变慢，拖沓，读者容易产生疲倦感。

概括叙述具有揭示性，明朗性，它一般应用于长篇小说或篇幅较长的中篇小说，对塑造人物进行补充。短篇小说中，一般不用概括叙述，如果在短篇小说中使用概括叙述，会使作者的意蕴露了底，削弱了作品的力量，使本该很深刻的主题显得浅薄无力。

斯坦贝克在长篇小说《伊甸之东》中就对主人公亚当和被称为“恶之花”的女人卡西多次概括叙述过，比如：

> 小亚当一向是个听话的孩子，他生性惧怕暴力，斗争，紧张，尽管那种紧张寂静无声，却尖厉得能把房子撕裂似的，为了求得所希望的安宁，他从不诉诸暴力和斗争，要做到这一点，他不得不退到隐蔽的地位，因为每一个人身上都有暴力的因素。

这是斯坦贝克对亚当性格侧面的一个说明。长篇小说在需要时，可以这样概括叙述，而短篇小说，只能靠故事情节说话，用情节去表现亚当的这一性格。对于卡西性格的侧面，斯坦贝克如此概括：

> 卡西爱说假话，但方式跟大多数孩子不同。她撒谎不是不着边际的。她说起假话来，活灵活现，像是真有其事。
>
> 卡西很小的时候就懂得，性欲及其伴随而来的全部渴望、苦恼、嫉妒和禁忌是使人们伤脑筋的冲动。

这样的概括叙述在福克纳和海明威等作家的长篇小说中也随处可见。比如，福克纳在《八月之光》中，用了六章来叙述克里斯默斯的身世，其中就有不少概括叙述。福克纳故意切断了进行时，使进行时暂且停顿，用概括叙述，多侧面地叙述克里斯默斯性格的形成和成长故事。

马尔克斯的《百年孤独》中，其概括叙述，不是为了塑造人物、交代环境，他的概括叙述不仅没有使小说速度减慢，而且加快了。他的概括叙述，几百字可以叙述一场战争，几百字可以叙述人物几十年的经历。他的概括叙述往往会使时间来一个跨度很大的轮转，空间来一个意想不到的转换。

我们必须明白，概括叙述如果使用不当，就会成为一部作品的内容提要，因此，要慎之又慎地运用。作者在组织素材、构思作品的时候，必须明白，哪里用概括叙述，做到心中有数，才会使所塑造的人物更丰满，作品更有感染力。

第八章　开头

小说的开头，就像作者抬起脚，迈进一道门槛。这道大门，既然设定了门槛，要迈进去，就要有勇气，有力气。有人说，长篇小说一定要做到虎头豹尾猪肚。言下之意，开头要像虎头那样威武。以色列小说家奥兹说过：“开始讲故事就像是在餐馆里和一个素昧平生的人调情。”我以为，小说的开头，未必像老虎一样张牙舞爪。你的小说结构决定了你在小说开头所定的调子，就像一首乐曲，该用 C 调还是 G 调，是由结构、内容等要素确定的。研究者发现，托尔斯泰的《安娜·卡列尼娜》的开头在最初的稿件中是从“奥布浪斯基家里，一切都混乱了”开始的，那句“幸福的家庭是相似的，不幸的家庭各有各的不幸”是定稿时确定的。作家将开头写了删掉，删掉又写的情况，屡见不鲜。

《红楼梦》的第一回是：“甄士隐梦幻识通灵　贾雨村风尘怀闺秀”，曹雪芹没有直接从大观园写起，而是从甄士隐写起，引出了贾雨村。不是作者故意这样绕，他以贾雨村之口，给这部作品定了调子。《石头记》也罢，《情僧录》也罢，《金陵十二钗》也罢，《红楼梦》也罢，究竟作者叙述的故事是什么？“满纸荒唐言，一把辛酸泪。”作者直白地言明了，他写的是什么，而第一回末尾的一首《好了歌》，则道出这部作品的主题：色，空。这个开头，并非奥兹所说的男女调情，而是调情的“成果”。曹雪芹一开初，就亮出了底牌。

而《金瓶梅》的第一回是“西门庆热结十兄弟　武二郎冷遇亲哥嫂”，这个开头，和《红楼梦》大不一样。热结和冷遇都是为了人物出场。《金瓶梅》中那么多人物，故事千丝万缕，如何使人物出场？作者设置了两个“局”，“热结”是一个局，“冷遇”是一个局，通过这两个局的设置，主要人物西门庆、潘金莲、瓶儿、月娘都上了场。第一回，作者不仅迈进了门槛，而且将门洞开，使读者先扫一眼门内的风景，让身心舒畅的、十分可人的风景，吸引读者的眼球，读者才有进门去看看的欲望。这是作者结构作品的技法和需要。如果把这样的开头浓缩为修辞手段，这个手段就是先果后因。接下来，作者讲述任何人的故事，也不显得突兀了。

十九世纪、二十世纪欧美现实主义作家的长篇小说，尤其是史诗性的长篇巨著，开头的进入都比较慢，笔触都搭得比较远，比如雨果的《悲惨世界》，一开篇并没有从主要人物冉阿让写起，而是绕到了米里埃尔先生——一个七十五岁的主教，从主教写起。帕斯捷尔纳克的《日瓦戈医生》一开篇从日瓦戈家死了人进入故事。而肖洛霍夫的《静静的顿河》，则是从顿河两岸的环境写起，从麦列霍夫的家族开始讲述故事。这样的开头，对读者的耐心是极大的考验，当代作家已经摒弃了这种写法。

马尔克斯的《百年孤独》一开篇就写道：

> 多年以后，面对行刑队，奥雷利亚诺·布恩迪亚上校将会回想起父亲带他去见识冰块的那个遥远的下午。

“多年以后”这个将来时把布恩迪亚上校推到远处，留下了一个悬念，而“回想”一词，引出了布恩迪亚的父亲，开始叙述他的人生历程。时间又到了过去时，一开篇，时间和空间的转换，为人物出场铺平了路，也使读者产生了很大的兴趣。作者接着写道：

> 那时的马孔多是一个二十多户人家的村落，泥巴和芦苇盖成的屋子沿河岸排开，湍急的河水清澈见底，河床卵石洁白光滑如史前巨蛋。

作者顺理成章地从马孔多镇写起，使布恩迪亚上校的父亲何塞·阿尔卡蒂奥·布恩迪亚进入故事。马尔克斯的高明之处就在于：没有一开头就写何赛·阿尔卡蒂奥·布恩迪亚的故事，而是从他的儿子奥雷利亚诺·布恩迪亚写起。这就如同《金瓶梅》的第一回，本来是写潘金莲的，却先写瓶儿。这是绝妙之笔。因为，一开篇，马尔克斯就调动了读者的想象力：多年以后，是什么年代？为什么布恩迪亚上校要面对行刑队？他和他的家族发生了什么事情？可是，马尔克斯却放置下这个悬念，笔锋一转，转向了奥雷利亚诺的父亲的故事。

《百年孤独》在开头就表明了这部小说叙述的节奏、情调和速度。

格雷厄姆·格林的长篇小说《恋情的终结》，被福克纳称为“我这个时代里最真实也最感人的长篇小说之一——在任何人的语言里都是如此”。这部小说是这样开头的——

故事没有开端，也没有结束：作者从自己的经历中选择那个让其回顾以往或者前瞻未来的时刻，完全是任意的。有些职业作家，在被人们认真注意到的时候，曾因他们的写作技巧而受到过赞美。我用“作者选择”这样的说法时，口气里所带的便是这样一类作家会有的那种并非很确切的自豪感。但是，事实上是我自己选择了一九四六年一月那个漆黑的雨夜里在公共草坪上看到亨利·迈尔斯顶着一片滂沱大雨斜穿而过呢，还是这些景象选择了我？依照这一行当的惯常做法，我从这里写很方便，也很正确。可是，如果当时我信某位天主的话，我也会相信：有那么一只手在拽着我的胳膊时，示意我说："去同他打招呼吧，他没看见你。"

因为不然的话，我怎么竟会去同他打招呼呢。如果用"恨"这个字眼来说不算太过分的话，我是恨亨利的——我也恨他的太太萨拉。我想那天晚上的事情过后不久，亨利也开始恨我了，就像他一定曾经恨过自己的太太及另外那个人一样。所幸的是，那时候我们都不相信另外那个人的存在。所以说，这个故事所讲述的与其说是爱，倒不如说是恨。不过，如果我碰巧说了亨利和萨拉什么好话的话，读者也大可以相信我；我是在抵制偏见，因为我喜欢写出接近于真实的东西，甚至于发泄自己接近于仇恨的情感，这是我的职业自尊心之所在。

可以看出，格林的这部长篇小说的开头是费了心机的。小说用第一人称叙述。依叙述者所说，如果用"惯常做法"，作者可以让叙述者从恋情的开始写起，可是，作者的开头，不是"惯常做法"。不是"故事没有开端，没有结束"，而是作者这样的开头，一改"惯常做法"，从一开头，故事就在进行着，在进行之中。在开头，叙述者就进入了故事，就和故事中的主人公之一“打招呼”。既然两个人已经打了招呼，有了交集，接下来，故事就顺理成章地展开了。

这个叙述者是谁？他要和谁去“打招呼”？他们是什么关系？他们之间有什么纠葛？随着一系列的追问，读者自然被叙述者牵着手向前走。在开头，叙述者已经交代了，他去打招呼的是政府公务员亨利·迈尔斯，叙述者是小说家莫里斯·本德里斯。莫里斯因为创作的需要，结识了亨利·迈尔斯和他的妻子萨拉。在和夫妻二人的交往中，莫里斯和萨拉产生了恋情，而且两个人爱到了极其疯狂、肆无忌惮的地步。萨拉不顾及生病住在二楼休息的丈夫，竟然在一楼和莫里斯颠鸾倒凤，翻江倒海。也许因为莫里斯对萨拉爱之极深，他最担心的是情人关系的终结。在二战的战乱中，两个人还是分手了。两年后，莫里斯和萨拉再次相遇，他猜测，萨拉和他分手的两年中有了新欢，于是雇用私人侦探跟踪萨拉，试图找出萨拉的新情人。后来，莫里斯获取了萨拉的日记，从萨拉的日记里，莫里斯才知道，在他离开她的两年间，萨拉没有爱上任何人，而是对他爱得很深，很真诚。莫里斯开始悔恨自己的猜疑和嫉妒，悔恨自己对萨拉的误解和情感上的背叛。当他觉得他重新爱上萨拉之时，萨拉患病去世了。使读者意想不到的是，第二次，莫里斯爱上了萨拉之后，莫里斯和萨拉的丈夫亨利的关系更加密切了。

阅读分析作品的内容，从中可以看出，小说的开头，就像旅游景点那个举着牌子、边说边走的导游，他给你言说的只是你要去观看的景点，至于你看到了什么，是你自己的事。这个开头并非小说的内容概述，小说的内容并非莫里斯在开头所说的："与其说是爱，倒远不如说是恨。"也并非莫里斯发泄接近于仇恨的情感。因为，小说围绕着莫里斯和萨拉的情感纠葛展开，深刻地描绘出了两个人极其复杂的情感，诸如：嫉妒、猜疑、怜惜、焦灼、困惑以及恨。况且，对于恋爱中的男女来说，恨是爱的另一种表达，莫里斯即使对萨拉的恨，也是爱到极致后一种痛苦的情感，不是莫里斯在开头所说的那种"恨的宣泄"。格林在作品的开头之所以这样写，是为了紧紧地揪住读者，调动读者的探究欲望——莫里斯为什么恨萨拉，恨亨利？亨利为什么恨莫里斯？莫里斯为什么要在此来宣泄？即使读者不被这些为什么纠缠，也必定想知道，"那天晚上的事情"究竟是什么事。"那天晚上的事情"是一个必须解开的悬念。

当读者读完这部作品后才明白，作品的内容不是作者在开头所说的"从自己的经历中选择的那个可以让其回顾以往或者前瞻未来的时刻，完全是任意的"。作者讲述的故事不仅不是任意的，而且是精心安排的，也不只是宣泄恨的情感。所以说，这个开头有"一石三鸟"的用心：一是调动读者的想象力。二是制造悬念。三是故意"歪曲"故事内容，使读者领略意想不到的结果。

故事进入快，一开头就设置悬念，是当代不少作家的小说的开头方式。

英国小说家伊恩·麦克尤恩在长篇小说《阿姆斯特丹》的开头这样写道：

> 莫莉·莱恩生前的两个情人站在火葬场礼堂外等候着，二月的寒气扑面而来。以前他们曾说过，但他们想再重复一次。
>
> “她从来就不知道是什么病让她如此无助。”
>
> “知道时已经太迟了。”
>
> “病来如山倒啊，她根本没有准备。”
>
> “可怜的莫莉。”
>
> “是啊。”
>
> 可怜的莫莉。故事是这样开始的。当她在多尔切斯特烤菜餐馆外举手喊住一辆出租车时，胳膊一阵麻痛，这种感觉让她刻骨铭心。

作品一开头，主要人物就出场了。一个叫莫莉·莱恩的女人和她的两个情人出现在火葬场。从莫莉·莱恩的两个情人简短的对话中就可以判断出，这是两个同样虚伪、冷漠、做作而无情的男人，他们谈论他们共同的情人时，口气如同两个不相干的人路遇之后相互说：“今天天气好。”“就是。”通过这两个人的对话，这两个人性格的基本面貌就呈现在读者面前了。这是一个隐去了作者、纯客观的场景。接下来，作者介入了："可怜的莫莉。故事是这样开始的……"作者摆出了讲故事的架势。小说开门见山，一开头就交代了两个男人与死者是情人关系。他们是怎么样的两个男人？他们是如何拥有莫莉·莱恩的？这两个男人之间是什么关系？他们的人生境况如何？既然悬念设置了，故事开始了，解开悬念自然成为这部小说的主旨。这个开头，似乎没有什么新意，但它却诱惑你读了开头，就有了继续读下去的欲望。当你读完整部小说后才会明白，这不是一个女人和两个男人的简单的爱情故事，而是一部有关人性的黑暗，有关人的堕落，有关人的绝望和现实对人的威胁所带来的危机的小说。小说的内容十分深刻。小说没有停留在情感层面和道德层面，而是涉及人性、社会、心理等层面。这两个男人的共同情人莫莉·莱恩只是把这两个男人拽住的一双手——右手牵着一个男人，左手牵着另一个男人。小说的着力点并没有在两个男人和一个女人的纠缠中。当你读完小说之后就会明白，小说开头，两个男人淡然、漠然的对话是他们性格的必然。可以说，小说的开头给两个男人的故事定好了基调。小说开头的基调决定着小说的命运。好的小说家，在下笔时就把控了小说的基调、节奏、氛围和走向。

库切的长篇小说《耻》的开头，是有其用心的，是另外一副面貌：

他觉得，对自己这样年纪五十二岁，结过婚

又离了婚的男人来说，性需求的问题可算是解决得相当不错了。每周四下午，驱车赶往格林角。准两点，他按下温莎公寓楼进口处的按钮，报上自家姓名，走进公寓。在113号房门口等着他的是索拉娅。他径直走进气味温馨、灯光柔和的卧室，脱去衣服。索拉娅从卫生间出来，任浴衣从自己身上滑下，钻进被单，在他身边躺下。"你想我了吗？"她问道。"一直都想着啦。"他回答。他轻轻展开她的双腿和胳膊，吻她的乳房，两人做爱。

开头的这一段叙述是客观的，客观到冷漠、冰凉。写两个人做爱，毫无激情不说，如同两个人都去厕所里解了一次手，只是解决了一次生理需求。这个开头，只是一男一女做爱的一个镜头，而且信息很少：一个是五十二岁的单身男人，一个是叫索拉娅的女人。

也许，正是因为信息太少，文字很冷，读者才会有读下去的想法产生。

库切在后面的叙述中告诉读者，这个和索拉娅上床的男人是一个叫卢里的大学教授，索拉娅是一个年轻的妓女。在《耻》这部长篇小说中，有好几条线索：卢里和索拉娅的交往；卢里和他的女学生梅拉妮的不伦之爱；卢里和女儿露茜僵硬的相处等等。为什么库切要从卢里嫖妓作为小说开头？卢里的嫖妓并没有把卢里推上道德的审判席，他只不过是为了解决“性需求的问题”，这也不是卢里的“耻”。从开头这一段，我们可以读得出卢里的性态度、性观念——对于卢里来说，性和情感无关，只是人的生理需求。更不能将卢里的性活动和爱挂钩，卢里心中没有爱。足以说明，卢里是一个冷漠的人。这个开头就给作品打开了窗户，使读者窥见了房间里的摆设：这不是有关情感的小说。因此，作者给小说命名《耻》不是指道德层面的羞耻，而是有更复杂更深刻的含义。

卢里和他的女学生梅拉妮发生性关系时，他感觉到了梅拉妮对他的配合——这也符合女孩儿对性的渴望，因此，卢里似乎也有了一个正常男人应该具有的激情。可是，这种激情像牙齿一样短，很快地熄灭了。库切的这一笔很人性，但并非为卢里开脱。我觉得，库切这样写，一是给作品开头卢里的冷漠减轻了一点分量；二是，没有把“耻”仅仅圈定在卢里和女学生梅拉妮的不伦之爱上。固然，卢里睡他的女学生，是一种耻辱。可是，我以为，“耻”的要义是人性之耻，民族之耻，不仅仅是道德所涵盖的——库切不会那么浅薄的。库切在小说第三部分所设置的情节，是“耻”的核心。卢里的女儿露茜在农场附近被三个黑人轮奸，而其中还有一个孩子。卢里也被三个强奸者打伤。对于女儿被轮奸，卢里没有上去制止暴行，他认㞞了。在被轮奸中，露茜并没有反抗，露茜的软弱和恐惧，不仅不令人同情，反而觉得恶心、羞耻，而且，露茜竟然怀上了黑人的孩子，这件事竟然不了了之，这才是耻，真正的耻。这里牵扯到种族问题。当年白人给黑人带来的耻辱，由后世的白人进行了偿还，这是一种报复之耻，也事关人的恐惧、软弱、怯懦和为了生存所付出的代价——耻。卢里在作品结尾的作为以及精神脉象和作品开头那一段简略的文字对他的定位是一致的。

当然，库切的《耻》和他的其他几部长篇小说一样不是人物众多、情节复杂、有长度、有广度的小说。库切的小说不是靠故事情节来占领艺术高地的，他的小说闪光之处在于精神高度、思想深度。由于《耻》不是一部致力于讲故事的小说，篇幅也不长，所以开头的切入不是很远，可以说，是近距离的直接进入。

短篇小说的开头和长篇小说大不一样。

百年以来，短篇小说有两条明显的脉络：一条是以契诃夫、莫泊桑为代表的现实主义路子；一条是以卡夫卡、博尔赫斯等作家为代表的现代主义路子。因为，他们对小说的理解不尽相同，追求不一样，所以，在小说创作中，其艺术风格有很大的差异，这不只是形式问题，而是各自的艺术美学观所决定的。

我在前几章说过，契诃夫的短篇小说，一开头，人物便在动作之中。比如：

> 一个极瘦的、矮小的乡下人，穿一件条子花的麻布衬衫和一条打补丁的裤子，站在预审官面

前。(《凶犯》)

当她还比较年青、比较美丽，嗓音比较响亮的时候，有一天，她的捧场人尼古拉·彼得罗维奇·考尔巴科夫坐在她那消夏别墅的楼上房间里。(《歌女》)

有两个误了时辰的猎人在米罗曼诺西茨果村的村郊，在村长普罗科菲的堆房里过夜。(《套中人》)

莫泊桑的短篇小说也是这样的，作品一开头，人物就在行动之中。

戈代维尔周围的每一条大路上，都有农民带着妻子朝这个镇走来，因为这一天是赶集的日子。(《绳子》)

男人们打扮得漂漂亮亮，在农庄门前等候。五月的太阳把它明亮的光辉倾泻在开着花的苹果树上。(《洗礼》)

席散了之后，男人们在吸烟室里聊天。他们谈到了一些意想不到的继承，一些稀奇古怪的遗产。(《等待》)

萨博一进马丹维尔的那家酒店，大家就先乐了。(《泰奥迪尔·萨博的忏悔》)。

对于短篇小说来说，找准一个开头，是非常关键的事情，笔触搭得太近或者太远，都将影响短篇小说的整个进程，影响小说的布局、构架，以至影响作者想要表述的小说内容。一开头，让人物动起来，人物在行动之中。人物的行动，决定了小说的基调，决定了小说的速度和节奏。契诃夫、莫泊桑他们深谙短篇小说创作之道，他们的短篇小说大都一开头，人物就进入了角色，就行动起来了。人物一旦被作者推上舞台，即刻表演。这样一来，不但进入快，也略去了人物在行动之前，与小说的内容、小说主题无关的枝蔓；也就是说，从一开头，人物就聚焦于镜头之中。契诃夫的后世的继承者们，大都用人物的行动拉开了短篇小说的幕布。

当代以色列杰出的小说家阿摩司·奥兹在短篇小说创作中有不凡的建树。他的短篇小说《继承人》是这样开头的——

> 这个陌生人并不陌生。从第一眼起，如果说真是第一眼看见他的话，他外表中的某些东西既令阿里耶·蔡尔尼克反感，又对他有吸引力：阿里耶·蔡尔尼克觉得记住了他那张脸，那近乎垂至膝盖的双臂，但记忆有些模糊，好像很久以前的事了。

小说一开头，那个叫阿里耶·蔡尔尼克的男人就行动起来了。他既是小说中的一个视角，也是陌生人的见证人。小说的第一句话："这个陌生人并不陌生"是肯定之否定的句式，接下来，作者很直接地叙述。小说的叙述没有脱离阿里耶·蔡尔尼克的视角，一直到第二章才停顿下来，叙述阿里耶·蔡尔尼克的往事。阿里耶·蔡尔尼克所见到的这个陌生人之所以并不陌生，因为此人是阿里耶·蔡尔尼克家的"亲戚"，他到阿里耶·蔡尔尼克的家里来，不怀好意，是来算计阿里耶·蔡尔尼克九十岁的母亲的，而且算计成功。这是一篇揭示人性缺陷的小说。因为小说的开头进入快，语调轻松，小说在轻松的基调中完成了严肃的主题——也可以说是对人物麻木愚钝的讥讽。

爱尔兰小说家威廉·特雷弗堪称短篇大师，他的短篇小说《三人行》开头写道：

> 在斯奇勒家的台阶上，褐色的前门两旁是彩色玻璃，西德尼脱掉塑料雨衣，抖掉上面的雨水。他径自走进小小的门厅，顿了顿，用一条手帕擦去脸上的雨水，摁响里屋的门铃。

特雷弗的短篇小说开头，和契诃夫、莫泊桑的短篇小说开头没有二致——一开篇，人物便上场，便动起来了。这个短篇的进行时很短——从西德尼进入他的女朋友薇拉家开始，到从薇拉家出来，仅仅几个小时。可是，小说进行时长达二十五年。在这一万字的短篇小说里，特雷弗叙述了西德尼和薇拉二十五年来的曲折情感历程，揭示了薇拉和其父亲情感上的痛感所在，揭示了两个恋人为什么不能走在一起。为什么开头要从西德尼走进薇拉的家写起？因为二十五年来，西德尼无数次走进薇拉的家，给薇拉家干活儿，因为薇拉情感上历经的创伤一直没有弥合，使她始终没有和西德尼走进婚姻的殿堂，而西德尼从二十岁开始爱上薇拉，二十五年了，没有放弃薇拉。薇拉的家对他来说，就是一道门槛，他能走进这个家，却迈不过情感的门槛。原因并非薇拉和父亲不喜欢西德尼，而是他们内心深处有一个难以解开的"结"。这个开头，牵动着小说全篇，西德尼摁响门铃走进这个家之后，将面对什么？小说的开头其实就是一个悬念。

美国作家理查德·耶茨也是一位杰出的现实主义作家，他的短篇小说继承了海明威明朗、简洁的风格，作品有一种感伤、忧郁的情调，其短篇小说，是美国人生失败者的生活史、精神史，他的短篇小说《一点也不痛》，开头写道：

> 麦拉在车后座上挺直腰，推开杰克的手，抚平裙子。
>
> "好了，宝贝，"他笑着低声说，"放松点。"
>
> "你才放松点，杰克。"
>
> 她对他说："我是说真的，松手！"
>
> 他的手收了回去，无力地搁在那里，但胳膊

还是懒懒地搂着她的肩膀。麦拉没理他，只望着窗外出神……

小说叙述年轻的女人麦拉和她的情人杰克去医院看望麦拉垂死的丈夫的全过程。从开头的叙述中，我们可以看出两个人不同的精神面貌：麦拉神情木讷、呆滞、情绪低落，而杰克充满欲望，心思在麦拉的身体上，而且，蠢蠢欲动——他的手已经伸进了麦拉的裙子，不然，不会有“抚平裙子”这一句。麦拉的丈夫已经久病不起，不久于人世了，尽管，麦拉有情人杰克陪着她，照顾她，可是毕竟夫妻一场，她还是牵挂着丈夫的。虽然杰克陪她去看望她的丈夫已经成为一个程式，一种履行的手续，可是，她和杰克调情的情绪不高。开头的叙述、描写给整篇小说定了调子，麦拉到了医院后，见了丈夫将是什么样的言语、举动，基调已确定。而结尾，杰克和麦拉一起去约会，去行云雨之欢，麦拉能有多少乐趣，从作品的开头就可以联想到的。可以说，小说从一开头，就给两个主要人物的情感温度定了基调。

阿根廷作家胡里奥·科塔萨尔是现代主义的杰出代表人物之一。他的每一个短篇小说的开头，都很别致。短篇小说《秘密武器》的开头是这样的：

奇怪的是，人们居然觉得铺床仅仅是铺床而已，握手永远只是握手那么简单，打开沙丁鱼罐头就是打开沙丁鱼罐头本身。“但如果所有的事情都是独一无二的呢？”皮埃尔一边想着，一边笨手笨脚地铺一床蓝色的旧床罩。

科塔萨尔以议论而开头，而且是悖论，是假设。由这句议论引出一个开始铺床的皮埃尔。皮埃尔铺床是因为他和他的女友米切尔相约，米切尔要来他租住的小屋和他约会。他铺好了床，等待了好长时间，米切尔并没有来，皮埃尔有多沮丧，可想而知。《秘密武器》叙述一个叫皮埃尔的小青年爱上了女孩儿米切尔，皮埃尔渴望的是肉体之欢，为得不到米切尔而焦虑，而米切尔因为被前男友强暴过有心理障碍，几次拒绝了皮埃尔。皮埃尔费尽心机强奸了米切尔之后，被米切尔的两个朋友得知，他们打死了皮埃尔。

小说从开头铺床就叙述皮埃尔的渴望、焦虑，叙述理性和肉欲在皮埃尔内心的冲突。后来，他终于被自己的欲望膨胀葬送了。小说的全部情节指向开头那句议论：“但如果所有的事情都是独一无二的呢？”当然，不是所有的事情都是独一无二的。所有的事情都有多种可能的。可是，皮埃尔把两个人的爱情却聚拢在“独一”上面了，这个“独一”就是和米切尔做爱，所以，他的命运只能走向“独一”——被一枪打死。这就是“独一无二”的所指。科塔萨尔开头的议论照应着结尾皮埃尔之死。伟大的作家总是能从简单的生活中悟出人生的深刻哲理。科塔萨尔就是这样的作家。

科塔萨尔的短篇小说《魔鬼涎》的开头更是奇特而新颖：

> 应该如何讲述这个故事？真是毫无头绪。是用第一人称？还是第二人称？抑或第三人称复数？还是源源不断地臆造出无意义的叙述方式？假如可以这样讲：我也就是他们看到月亮升起来了；或者这样讲：我也就是我们的眼睛痛；甚至这样讲：你那金发的女人曾经是我你他我们你们他们面前飘忽不定的云彩。真见鬼了。
>
> 开始讲故事吧……要讲述这个故事，我们中的一个都必须写下去，还是由我写比较好，因为我已经死去，更加了无牵挂……

这个开头，好像作者（或者说是讲述者）的自言自语，好像作者（或者说是讲述者）的内心独白。如果按照常规的写作法则，作者的这个开头完全是多余的，如何讲好这个故事是作者自己的事，你一上场，给读者摊这牌有什么意义？这不是多此一举吗？对于读者来说，需要阅读的是作者讲述的故事，不是你对如何讲故事的探讨，因为，这是小说，不是评论文章。如果这样理解科塔萨尔，就太简单化了，就有失偏颇了，只要你耐心地读下去（或者越过前面两段的啰唆），你就会发现，科塔萨尔的这个开头是处心积虑的，是别有用心的，绝不是多此一举。

作者的小说题目叫作《魔鬼涎》，这个魔鬼涎是阿根廷俗语，其实是指若隐若现的蛛网。科塔萨尔的这篇小说就是讲述，一个少年是如何中了一男一女的圈套，如何被“蛛网”网住的故事。讲述者就是故事的见证人，也是故事的参与者，他不时地走进故事，又不时地从故事中走出来。这篇小说之所以这样开头，就是表明，他不只是故事的讲述者，他是故事中的一个角色，因此，从一开头，讲述者就已经进入了故事，这个开头并不是障眼的多余文字，而是故事的本身。

作为现代主义作家科塔萨尔，对于小说的理解，小说的操作，和现实主义的契诃夫、莫泊桑已大不一样。对于科塔萨尔来说，现代主义既是一种创作手法，更是一种精神。他的所有小说中都贯穿着一种现代主义的精神，这种现代主义精神包括奇异、神秘、荒诞。这篇《魔鬼涎》就是以奇异开头的。

以长篇小说《了不起的盖茨比》而著名的美国作家菲茨杰拉德，其短篇小说也毫不逊色。短篇小说《与你同龄》是一篇有关老少恋的作品，作者对老年人和年轻姑娘之间的爱情，有自己的理解。《与你同龄》的开头和科塔萨尔的小说的开头迥然不同——

> 汤姆·斯奎尔斯走进杂货店，打算买一支牙刷，一听爽身粉，一瓶含漱剂，一块橄榄油香皂，

> 一包泻盐和一盒雪茄。多年的独居生活使他养成了做事有条不紊的习惯。在等店员拿东西时，他将购物单拿在手中。这个星期正值圣诞节，明尼阿波利斯已经覆盖着两尺深的雪。这场令人欣喜的大雪不停地下着。汤姆用手杖敲掉了套鞋上的两团晶莹的雪块，然后抬起头来，这时，他看见了那位金发姑娘。

《与你同龄》的开头并没有奇特之处，和许多现实主义作家的小说开头一样，人物一上场，便在动作之中，通过汤姆的动作，作者就暗示，这是一个老人，他的老态就写在他的购物单上，而不只是他拄着拐杖。尽管作者交代，“有条不紊”是他的习惯，他需将所买的那几样东西用笔记下来，说明，他已经进入了老年，一是记忆力减退，二是具有老年人的普遍心态——不放心。这个开头的点睛之笔在于“他看见了那位金发姑娘”。汤姆和这个金发姑娘的老少恋的序幕从小说的开头就拉开了。接下来，作者详尽地叙述了汤姆为追求这个金发姑娘而不遗余力、费尽周折，汤姆的愿望实现了，和这个金发姑娘——十七岁的安妮订了婚。就在汤姆梦想着抱得美人归的时候，安妮爱上了和她同龄的一个年轻人。“在与青春和春天的抗争中，他失败了。”年过五十岁的汤姆不由得感叹，“他所追求的，只不过是让自己那颗苍老结实的心破碎而已。”

读完这篇小说就会发觉，在小说的开头，作者就给汤姆的苍老定下了调子，给小说的结局埋下了伏笔——汤姆“看见了那位金发姑娘”无异于看见了生命中的一个危险信号。

分析研究不同作家作品的开头，得出的结论依旧是：文无定法。只有不停地探索，才能找到和小说内容相吻合的开头，才能找到非同一般的有新意的开头。

第九章　结尾

小说的结尾，就像一把火炬，如果高高举起，就可以照亮整个作品。难怪，海明威对他的长篇小说《永别了，武器》的结尾修改了三十九次。一个糟糕的小说结尾，会大大地消减作品的力量。尤其是短篇小说，由于篇幅短，结尾要特别用心。世界经典作家们的小说结尾，既收束了整个故事，又进一步提升了作品的思想内涵，使读者回味无穷。

美国女作家波特的中篇小说《中午酒》是一篇顺时序写的小说。叙述紧凑，作品充满紧张感，悬念不断。作者用三个主要情节架构作品:（一）希尔顿来到了汤普生的农场。（二）哈奇来追捕希尔顿。（三）汤普生杀了哈奇以后自杀。

两个肮里肮脏的长着亚麻色头发的小男孩正

在前院的豚草丛里挖什么东西，这时候，一个黄头发的又瘦又高的男人走进门来。

希尔顿是在两个孩子的目光中上场的——这样写，一是引出了农场主、孩子的父亲汤普生；二是希尔顿进入孩子的视野，给两个孩子和希尔顿以后的摩擦、矛盾提早埋下了伏笔。希尔顿是来寻找工作的。他和汤普生对话时，连身子都没有欠一下，脸庞上一点笑容也没有。在希尔顿和汤普生简单的对话中，希尔顿冷漠、严肃、冷峻的性格完全显现了出来。而汤普生的计较、奸诈、狡猾和希尔顿的爽快、干脆形成了鲜明的对照。汤普生以为他得到了一个廉价的雇工而沾沾自喜。而希尔顿不动声色，只顾埋头干活，从而展示出了一个顺从、勤劳的好人形象。希尔顿对雇主的忠心耿耿，勤劳苦干，使汤普生省了好多心，使汤普生夫妇从情感上接纳了希尔顿。一直到希尔顿在汤普生的农庄干了九年以后，哈奇的到来，汤普生夫妇才对希尔顿的人生经历略有所知。不过，有一个细节，既是希尔顿人生奥秘的暗示，也是展示希尔顿性格的一个“特点”，那就是口琴——希尔顿随身带有一个口琴，他的全部爱好就是闲暇时吹口琴：

每天晚上吹的却是重复不变的曲子，那是一支古怪的曲子，某个地方有个突然的转折，有时候连下午坐下来歇口气的那阵子也吹。

希尔顿的口琴谁也不能动，正因为汤普生的儿子动了希尔顿的口琴，和希尔顿有了摩擦，而被希尔顿所揍，而且，希尔顿非常暴怒，甚至露出了有些狰狞的面孔。这个口琴和古老的曲子，是希尔顿人生、家庭、爱情以至所有坎坷经历的写照，抑或希尔顿不可告人的秘密全部包含在口琴和曲子之中。一直到哈奇到来，哈奇给汤普生说明白，希尔顿用口琴吹的是一首斯堪的纳维亚的什么歌曲：

> 歌曲的大意是，你一清早起来，心情好极了，你欣喜若狂，因此不到中午就把酒喝光了。那酒是准备中午休息时候喝的。

汤普生这才知道，这是一曲劝酒歌。至于，希尔顿为什么总吹这支曲子，哈奇也不明白。波特把小说取名《中午酒》，也许，其含义就来自这首歌曲。中午的酒，提前喝完了，是不是意味着人生提前消费？或者告诫人们，中午的酒是不能提前喝的。

哈奇不是来和汤普生讨论劝酒歌的，他是来追捕希尔顿的。他告诉汤普生，希尔顿是个疯子，曾经是杀人犯。汤普生一点也不相信哈奇的话。在汤普生的眼里，希尔顿勤劳肯干，是称心如意的雇工，九年了，他没有看出希尔顿的为人处世有任何瑕疵，他不嫖不赌，不偷不抢，甚至连一滴酒也不沾。汤普生大喊大叫：

在我们当中，疯的是你，你比他疯得厉害！你快滚，否则我把你的手铐上，扭送法院。你犯了非法入侵私人住宅的罪。暴力的发生是在一瞬间，汤普生先生看见事情发生了，他看见那把刀子捅进了希尔顿先生的肚子，他知道他自己把树墩上的斧子拔出来拿在手里，他只觉得他双手高举过头，那把斧子举过头，把斧子砸在哈奇先生的脑袋上，就像敲晕一只要宰的牛。

然而，事情却不是汤普生记忆中那样的，汤普生太太看见的情景是：

可是，希尔顿先生在那边跑呢。

事实是，哈奇并没有用刀子捅希尔顿。

汤普生稀里糊涂地杀死了哈奇。小说接近结尾了，接下来，这个故事怎么收场呢？是汤普生去自首？还是走上逃亡之路？这两条路，汤普生都没有选择。他和太太逐户去给镇上的人们解释：他不是故意杀死哈奇的，他的出手是因为他看见哈奇拿猎刀要捅希尔顿，他才失手打死了哈奇。镇上没有人相信他的话，镇上的人们对汤普生和他太太的话很漠然，表示不相信，更要命的是连他的儿子也不相信他是失手杀人的。在儿子的心目中，父亲汤普生就是杀人犯。汤普生绝望了，他的出路在哪儿呢？

> ……接着，他把右脚的鞋、袜脱掉，让枪托支在地上，把双管枪身对着自己的头部。这动作非常不得劲。他把脑袋支在枪口上想了片刻。他全身打战，脑袋里轰隆隆直响，到后来什么也听不见，什么也看不见了。可是他还是侧着身子在地上躺下来，拉过枪管对着自己的下巴，用大脚趾去探索枪支，只有这样，他才能够击发。

小说的结尾，汤普生用一支双管枪自杀了。汤普生在自杀前，还写了一封绝命书。有人说，波特的这一笔是多余的。我认为，这一笔不是多余的，汤普生必然要这样做，因为，他虽然要自杀，可是，他总觉得，他不是故意杀死哈奇的，他不愿意背上杀人犯的罪名走上阴曹地府——尽管，他已经杀了人。他要向世人说明“实非蓄意，纯由保护希尔顿先生所致而已”。不管事情的真相如何，汤普生写绝命书是一种自我辩护——哪怕狡辩也罢，这符合汤普生的性格，从这部小说来看，波特笔下的汤普生虽然有诸多人性的缺陷，但他并非一个“恶”的范例，并非有暴力倾向，他杀死哈奇的目的很简单——保住希尔顿。对他来说，希尔顿是一个好雇工，是他的需要。汤普生是一个唯利是图的功利主义者，他只是为他的农场，为利益而活着，他没有杀死哈奇的蓄意和图谋。他死而有怨，死不甘心，因此，絮絮叨叨，说出了“多余”的话。波特在小说结尾安排汤普生写绝命书是很周全的一笔。

小说的主题并非停留在社会层面，并非只是谴责暴力的，并非如一些评论家所说：波特在告诉人们，美国社会的暴力随时可能发生。作品的主题不是如此简单的。我们的文学评论家总是喜欢用政治家的眼光去评判文学作品，把深刻的文学作品引入对某个社会阴暗面抨击的简单判断。波特探讨的远远不是社会层面，乃至道德层面的东西，她探讨的是人性层面，人的内心世界，乃至涵盖哲理层面——人不可以用固化的善与恶的两分法去判断；所有的偶然性都有其必然性，可是，在一定的环境中，在一定的条件下，这种必然性就断了链条。从《中午酒》提供的文本来看，希尔顿是个阴郁的人，而且有杀人的前科，而汤普生是比较胆小、自私却又善良。本该，杀死哈奇的应该是希尔顿，可杀死哈奇的偏偏是汤普生。结尾的这个情节，完全颠覆了前边的叙述。这就是偶然，没有必然可言，但人性就是这样，就该这样。

如果说，人生是一壶酒，本该是属于中午的酒，中午喝。可是，人生没有本该，人生充满着不测的偶然，希尔顿是偶然来到汤普生的农场的，汤普生是偶然杀死哈奇的——并非性格决定命运。《中午酒》通篇给读者一种不可预知感，而且被一种神秘而阴郁的气氛所笼罩。尤其是结尾，哈奇用没有戳出去的那一刀，汤普生的那一斧子将中午酒的酒杯打碎了。这个结尾，颠覆了我们对谁是好人，谁是坏人的道德判断，只留下对人性缺陷的思索，只留下了对人的命运不可预测的叹息。

《魔桶》是美国小说家马拉默德的名篇，得到了美国多名评论家的评说褒扬，被好多所美国大学选入教材。《魔桶》是一篇既有趣味，又意蕴深厚的短篇小说。

《魔桶》的主人公利奥·芬克尔从纽约的一所私立大学毕业，得到了牧师的职位，上任前，他想先解决了婚姻问题，以便安心工作。于是，他在一家报纸上发了只有两行字的征婚广告。这个广告被做了多年媒人的萨尔兹曼看见了。萨尔兹曼见到了利奥。这个职业媒人一看，利奥长相俊秀，器宇不凡，暗中唏嘘，却不动声色，他和这个年轻人开始兜圈子，似乎不是为了成人之美，而是为了逗他玩一玩。萨尔兹曼从公文包中拿出了六张卡片——六个女人的资料和相片，供利奥选择。萨尔兹曼告诉利奥，他的手上不只是有这六个女人的相关信息，还有很多，这些信息都放在一个桶里——这桶就是“魔桶”。而玩魔术的正是这个萨尔兹曼，并非他的“桶”有什么魔性。

萨尔兹曼一个一个地给利奥展示这六个女人的资料。这六个女人，要么是年过三十岁的离异者，要么是虽然年轻却身体残疾的姑娘，要么长相平平、缺少靓丽的姿色，要么是已近半老徐娘的寡妇。利奥一看，十分失望。第二天，他的心情很不好。萨尔兹曼又来纠缠利奥，给利奥推销一个比利奥大八岁的另一个寡妇。利奥十分生气，恨透了这个说媒牵线的萨尔兹曼，“发誓他若再来非把他给扔出去”。

一个多月过去了，利奥依然打不起精神来，百无聊赖中，他翻看萨尔兹曼留下的其他照片，他突然发现，一张萨尔兹曼没有介绍的、很不起眼的姑娘的照片，这张照片中的这个姑娘不正是他的意中人吗？照片中的姑娘美丽端庄，利奥看几眼照片，就想抱得美人归。他即刻想给萨尔兹曼打个电话，却找不到他的电话。他费尽周折，找到了萨尔兹曼的家，利奥见到了萨尔兹曼。利奥拿出了那张照片，说他想要照片中的这个姑娘。萨尔兹曼故弄玄虚，欲擒故纵，说这张照片中的姑娘不是介绍给他的。利奥说他看中了这个姑娘，就要这个姑娘。萨尔兹曼却说这姑娘不能介绍给他。利奥再三追问为什么。萨尔兹曼告诉他，这姑娘一身毛病，是他的孩子，叫斯特拉。这一边，利奥被他看中的姑娘折磨得寝食难安，昼思夜想，他觉得，他已经爱上了她；而那一边，萨尔兹曼却不动声色，故弄玄虚，对于斯特拉有什么毛病闭口不提。事情怎么了结，在结尾，马拉默德笔锋一转，让利奥和萨尔兹曼的女儿斯特拉有了信件交往。交往了一段时间，斯特拉提出要和利奥见面。马拉默德写道：

利奥收到她的信，她说要在一个街拐角的地方约他相见。果然，在一个春天的夜晚，她等候在一柱街灯下。他来了，手里拿着一束紫罗兰，还有含苞欲放的玫瑰。斯特拉站在街灯下，吸着烟。她穿了件白衣裙，红鞋子，这正是他所期望的，只是当时一阵慌乱，以为她穿的是红衣服白鞋子。她在那儿等候着，有些不安，也有些害羞。从远处他就看到她那双眼睛，和她父亲一模一样——无比的纯洁无邪。他从她身上构思着自己的救赎。空中回响着提琴声，闪烁着烛光。利奥跑过去，手中的花冲着她。

拐过这个街角，萨尔兹曼靠着墙，为死者祈祷着。

萨尔兹曼欺骗也罢，吊胃口也罢，他用尽心机，只是为了给女儿物色一个称心如意的丈夫。到了作品的结尾，作者亮出了底牌：不是萨尔兹曼的魔桶里装着爱情，而是爱情本身具有魔力，它需要追求，需要耐心，需要真诚。只要你用一颗纯洁的心去追求爱情，爱情就会青睐你——利奥终于将他所爱的斯特拉追求到手了，而萨尔兹曼终于实现了自己的愿望，得到了称心如意的女婿。在小说的结尾，萨尔兹曼之所以为死者祈祷，是因为，每一个离世的人都希望自己的后辈生活得幸福愉快。这个短篇小说将萨尔兹曼有心计，甚至狡猾、沉稳、老辣的性格展示得活灵活现，也凸显了利奥单纯、执着、锲而不舍的品质。萨尔兹曼所做的一切，包括施展的手腕，只是为了女儿将来的幸福，作者褒扬的是他的仁爱之心，到了老境，作为人之父，他仍然相信爱情，相信爱情的魔力。只有生活在爱情的滋养中，才能幸福快乐，这是《魔桶》的主旨。

这个短篇的结尾好就好在，来了一个大转折——意料之外，情理之中。在结尾不只是揭开了谜底，萨尔兹曼施展那些看似不地道的手腕，有了满意的结局，而且，人物的精神面貌有了升华，萨尔兹曼不只是一个职业媒人，为寻求伴侣的人牵线搭桥，也是一个充满了爱心的好父亲。因为爱，因为爱情，人世间才有暖意。

库尔特·冯内古特是二十世纪美国的小说大师。他除了创作了《五号屠场》《囚鸟》等几部经典长篇以外，一生写了近百部短篇小说。他的小说《短蜡烛灭了》是精心结构、意味深长的一个短篇。小说叙述一个叫安妮·考伯的女人，四十多岁死了丈夫，一个人守着一个养猪场和一大片土地。也有几个男人向她示爱，他们的理由冠冕堂皇，其实都是盯着她的土地。她没有再嫁。在丈夫去世后的第二年春天，她通过一家杂志，给一个陌生人写了一封信，并且在信中介绍了自己的相貌和当下的生存状况，表示愿意结交一个笔友。一个星期后，一个叫霍金斯的男人给她来信，愿意做她的笔友，对她以天使相称，赞美之词如美丽的花朵一样。于是，两个人开始了书信交往。在一次给霍金斯的去信中，安妮附上了她的一张照片。显然，她昏头昏脑地坠入了爱河，被爱情折磨着，失去了理性，失去了控制，她想见一见那个叫霍金斯的男人。信发出去后，霍金斯给她来了一封电报，电报上只有四个字：别来！病危。之后，安妮火急火燎，牵挂着心爱的人，给他寄了好多封挂号信，发了好多次电报，都杳无音信，泥牛入海了。安妮对这个未曾谋面的霍金斯爱得要死要活，她为他而揪心，于是，她按照信封上的地址去找霍金斯。安妮从印第安纳州北部，来到了纽约州，她找到了霍金斯信上所写的那个片区，经她打问，却无人知晓霍金斯。有人告诉她，也许霍金斯去世了，建议她去墓地看看。于是，安妮来到了墓区。守墓人是一个丑陋且年龄很大的侏儒。侏儒告诉她，霍金斯去世后已经下葬了，而且还把霍金斯的为人吹捧了一番。安妮直言不讳地告诉侏儒，霍金斯就是她的男朋友。侏儒用自己的车把安妮送到了墓地，安妮去墓地给霍金斯献花。因为没有墓碑，在侏儒的引导下，安妮把花放在了一个土堆前。安妮告诉侏儒，她并没有见过霍金斯，在她的想象中，霍金斯是一个高大英俊的男人。对于霍金斯的去世，安妮有撕心裂肺的痛感。献完花，侏儒把安妮送上了火车。如果小说到此结束，也算一个完整的故事，可是，这个故事叙述的不过是一个中年女人对爱的渴望、炽热以及真挚的感情的宣泄。小说到了结尾，读者才明白，作者不动声色地构建的爱情天地里生长的是谎言，整篇小说是一个“骗局”，到了结尾，这个局才破了。

侏儒把安妮送到火车站以后，又开车到墓地，取回了安妮送给霍金斯的一束花，他一边嗅着花，一边给安妮写信——

“亲爱的德莱伯太太，”他写道，“我觉得很奇怪，作为我的笔友，我最亲密的心灵伙伴，怎么会住在英属哥伦比亚的养鸡场里呢？那是一个美丽的地方，也许我一辈子看不到。不管你那里生活怎么样，我都觉得那里肯定很美丽，因为你不就是在那里出生，那里长大的吗？请你，请你，请你”，他一边写着一边用重音读着这三个词，“不要落进所谓交换照片的俗套里去。我认为，除非在天上，没有哪个摄影师能够拍出你的来信中让我激动让我崇拜的天使。”

小说到此结尾了。

原来这个侏儒老头子就是霍金斯！在前边儿千字的叙述中，冯内古特捂得很严，没有丝毫流露出世上并无霍金斯。他憋着一口气，硬将这骗局捂到了最后才露了底。这样的结尾，使安妮单纯、天真、执着的性格更加完美，她相信爱情，向往爱情，追求爱情，到头来，她的爱情只能系在一束花上。而那侏儒老头无疑是奸诈、虚伪、不择手段的“道德侏儒”，可是，他对安妮的爱却不容置疑，他也向往爱情，渴望爱情，可是，他被自己的年龄、形象困惑了，他是十分自卑的，所以，他只能用欺骗来应对安妮·考伯的真诚。假如安妮读到了侏儒的信，会怎么样呢？也许，她会捶胸顿足，后悔不迭，失声叫骂侏儒这个骗子；也许，她会再次去找侏儒，毕竟，侏儒陪她度过了好多个寂寞难耐的日子，他对她的感情中没有掺一丝假，她十分感激他，这就是爱，真爱。爱情是不会被年龄、相貌困住的。爱情毫无道理可言。没有也许。冯内古特到此结束小说，给读者留下了好多想象的空间。所有的“也许”只能留给读者，这就是冯内古特的智慧。

冯内古特是怀着悲天悯人的情怀去塑造人物的，他对安妮·考伯和侏儒都给予了极大的同情、充分的理解。他没有把他笔下的人物搁置在道德的审判席上去责问，而是对这一对男女的爱情表示了遗憾和肯定。这就是大师的情怀。

美国作家威廉·福克纳是以长篇小说《喧哗与骚动》《八月之光》《我弥留之际》等杰作而名留文学史册的，也是因为他对长篇小说所做出的贡献，获得了诺贝尔文学奖。尽管，他写了一百多篇短篇小说，对读者影响大的还是他的长篇小说，尤其是《喧哗与骚动》《八月之光》《押沙龙，押沙龙》等十六部长篇小说中的大多数，可以说是二十世纪长篇小说的高峰。仔细阅读他的短篇小说《烧马棚》《沃许》《献给爱米丽的一朵玫瑰花》等篇章，达到的艺术高度，可以与福克纳的长篇小说相媲美。《献给爱米丽的一朵玫瑰花》被翻译为多种文字，列入世界经典，是从事短篇小说写作的作者学习借鉴的范本。

《献给爱米丽的一朵玫瑰花》共有五个章节。第一节，从爱米丽小姐过世写起：

> 爱米丽小姐在世时，始终是一个传统的化身，是义务的象征，也是人们关注的对象。

她过世了，人们关注的不只是她本人，还有她的房子，小镇上的人们走进她居住的房间，试图从神秘的房间寻找和她的为人处世以及怪癖相关联之处。结果，这房间并没有回答人们的疑问。这一节的主要情节是爱米丽小姐对待税务官的那种冷酷的神情。第二节，主要情节是爱米丽父亲的去世，和爱米丽对父亲尸体的处置。她因为没有及时安葬父亲，而使尸体的臭味引起邻居的不满。也许，迫于来自小镇上居民的压力，爱米丽最终还是安葬了父亲。同时，引出了爱米丽被心上人抛弃的事实。故事发生在爱米丽四十岁上下。第三节，从爱米丽的父亲去世两年前后，跳跃到她三十岁出头。在她三十岁出头那一年，她去药店买来了毒药。她在买来的毒药盒子上注明："毒鼠用药"。小镇上的人们每当看见爱米丽小姐，只有一句话："可怜的爱米丽。"因为，她到了三十岁，四十岁，依旧没有结婚，单身一人。第四节，又从爱米丽三十岁左右写起，写她和铺路工程队一个叫荷默·伯隆的男人的爱情，只是虚写，只是写她和这个男人在一起。岁月不饶人，随着时间的推移，爱米丽小姐也发胖了。作者主要强调的是她的头发，由灰白变为铁灰，至死再也没有变色。就是这一头没有变色——铁灰色的头发给结尾留下了伏笔。后来，直到爱米丽小姐去世，再也没有见过和爱米丽小姐在一起的那个男人。

> 她就这样度过了一年又一年——高贵宁静，无法逃避，无法接近，怪僻乖张。

第五节，也就是结尾，又回到了第一节的时间节点上，回到了爱米丽的去世。小镇上的人都跑进爱米丽的住所观看覆盖着鲜花的爱米丽小姐的尸体。而结尾那几句，揭开了爱米丽小姐家中发出臭味的原因，揭开了长年紧闭的二楼的秘密：

> 那个男人躺在床上。
>
> 我们在那里立了好久，俯视着那没有肉的脸上令人莫测的龇牙咧嘴的样子。那尸体躺在那里，显出一度拥抱的姿势，但那比爱情更持久、那战胜了爱情的煎熬的永恒的长眠已使他驯服了。他所留下的肉体已在破烂的睡衣下腐烂，跟他躺着的木床粘在一起，难分难解了。他身上和他身旁的枕头上，均匀地覆盖着一层长年累月积下来的灰尘。
>
> 后来我们才注意到旁边那只枕头上有人头压

过的痕迹。我们当中有一个人从那上面拿起了什么东西，大家凑近一看——这时一股淡淡的干燥发臭的气味钻进了鼻孔——原来是一绺长长的铁灰色头发。

从结尾不难看出，躺在二楼的那具没有掩埋的尸体就是和爱米丽在一起的荷默·伯隆，而那一绺铁灰色的头发正是爱米丽小姐的。枕头上压下去的印儿表明，爱米丽曾经和她的情人睡在这张床上。也许，她就是和尸体睡在一起。关于头发，在作品的第四节已经做了暗示，颜色变为铁灰色，是她年老以后。年老以后，把头发仍然留在尸体枕的枕头上，这一绺铁灰色的头发，这个不容忽视的细节，书写着爱米丽小姐对她的情人的情感，也足以说明，她年老以后，未曾离开过这具尸体。

在这个短篇中，福克纳给读者留下的空白很多。爱米丽小姐为什么在三十多岁就准备好了毒药？她是什么时候毒死她的情人的？她为什么要毒死她的情人？两个人之间曾经发生了什么事情？是爱米丽对她的情人爱到了很恨、非杀不可的地步吗？当读者把这些问题回答以后，爱米丽的性格轮廓已经很清晰了，——她的一生在扮演着爱情悲剧的角色。

其一，在这个短篇小说中，福克纳充分地施展了现代主义的手法，五个章节，时空跳跃无序。在时间的节点上，从爱米丽小姐的去世开始叙述，结尾又回到了爱米丽小姐的去世，形成了一个圆圈，使进行时只缩短到爱米丽小姐去世的那几天。爱米丽小姐一生的故事只在进行时中完成。

其二，福克纳运用了暗示的手法，缩短了篇幅，留下了空白。福克纳只是写了爱米丽小姐买毒药，没有写爱米丽为什么要毒死情人和毒死情人的全过程，没有写他们是怎么相爱的，为什么能走到一起等有关爱情的细节。不只买毒药是暗示，头发是暗示，臭气味儿是暗示，连爱米丽小姐的房间和那张床也是暗示。这些暗示，不只是艺术手法，而是小说内容的一部分。福克纳明白，他不是在写一部情感小说，不必顺时序详尽地叙述爱米丽小姐和那个男人相识相爱的全过程。

其三，叙述角度是“我们”。这个“我们”福克纳没有挑明，从文本来看，很可能是小镇上的人们。因为“我们”这个角度的介入，使叙述显得很客观、冷静，略去了福克纳惯用的意识流、心理分析和内心独白，从而使这个短篇小说显得很洗练。“我们”是一个叙述角度，也是跟随爱米丽小姐的目光，透视爱米丽小姐的举动，乃至身材、头发，这个角度，这个目光，是从外向内透视人物，使视点击中了要害，减省了冗长的叙述。

其四，小说营造了扑朔迷离的气氛，小说自始至终被薄纱一般的神秘的气氛所笼罩。这种气氛有点飘忽不定，恍恍惚惚，甚至有点诡异。由于这种气氛的营造使爱米丽小姐的人生悲剧于凄凉中有股难言之苦，于悲哀之中有点道不明、说不清，包括那玫瑰花——为什么要献给爱米丽小姐一朵玫瑰花呢？这是一朵无形的花。这是一朵凋谢了的花。这朵玫瑰花只是一个象征——当初，爱米丽活着的时候，是小镇上的一座纪念碑，是传统和义务的象征。这朵玫瑰，就是爱米丽小姐的象征。爱米丽小姐是一朵带刺的玫瑰，有毒的玫瑰。在小说的结尾，枕头压出的印儿，铁灰色的头发，房间里的气氛也暗示了爱米丽小姐阴沉的、怪诞的，甚至是恶狠狠的性格。由此而说，献给爱米丽的一朵玫瑰花极具讽刺意味。小说的结尾，并没有解除小镇上的人的疑惑。人们看到的情景，嗅到的气味，只能加深人们对爱米丽小姐一贯的看法，只能使爱米丽小姐的复杂性格再次凸显。

美国女作家麦卡勒斯的作品并不多，她最杰出的作品是长篇小说《心是孤独的猎手》和中篇小说《伤心咖啡馆之歌》。她之所以能被美国当代的文学评论家哈德罗·布鲁姆列入西方正典作家，不是没有原因的。正如布鲁姆所说：

> 她的小说艺术虽有局限性，但其强烈的情感令人称奇。
>
> 她的小说与她的人一样，存在永久性爱欲危机的隐患。

在她的小说中，人物的刚性倔强中常常有柔软细腻的情感。她捕捉的不是人与人之间的矛盾，而是人物自身的矛盾、焦虑、不安和痛苦。无论她的长篇，抑或中短篇小说都能给读者强烈的情感冲击和感染力，这是她的作品能入“正典”的原因之一。

麦卡勒斯不善于讲故事，她的笔触没有在编织故事上。她的笔触在人物心灵深处，在情感上最痛的地方——以至把人的心灵最隐秘处戳破，使人的欲望毫不遮遮掩掩地裸露出来。这一点，麦卡勒斯和福克纳有相近之处。麦卡勒斯也坦承，她的文学创作，福克纳和尤金·奥尼尔对她影响最大，影响她的还有写出了《包法利夫人》的福楼拜。世界文学史多次证明，一个作家的艺术师承影响着这个作家的作品面貌。不承认艺术师承，不承认前世作家对后代作家影响的论调，是给所谓的“天才”作家做出的拙劣的解释。“取法乎上，仅得乎中。”只有从经典作家那里汲取营养，才有可能走上文学创作的正道，才有可能写出好作品。这是中外文学史证明了的经验之谈。

要说麦卡勒斯中短篇小说的结尾，最不同凡响的，甚至有点莫名其妙的是《伤心咖啡馆之歌》的结尾。在这部中篇小说的结尾，麦卡勒斯似乎是强加了一个和这部讲述三角恋爱的小说毫不相干的一个片段《活着的十二个人》。这十二个人是苦役工。这十二个人和前边讲述的艾米莉亚小姐的爱情故事的内在联系是什么？麦卡勒斯后缀的这个结尾意义何在？评论家和读者各有各的理解和评判。我以为，作品后缀的《活着的十二个人》和作品本身是融为一体的。作者通过这十二个苦役工的工作，告诉我们：人生就是一场苦役，活着才是唯一的。而所谓的爱情更是苦役中的苦役，她的小说所表述的正是布鲁姆所说的“爱欲危机”。这样的解释，符合她对爱情的理解。

在《伤心咖啡馆之歌》的结尾，和艾米莉亚小姐有感情纠葛的两个男人——马文·马西和小罗锅，离开了小镇，离开了艾米莉亚小姐。这两个男人离开时，做了几件使常人难以理解的、非常恶毒的事，其中包括给艾米莉亚下毒。艾米莉亚小姐被孤独地撇在了小镇上。三年过去了：

> 她每天晚上独自一个人默不作声地坐在前门口台阶上，眺望着那条路，等待着。可是那罗锅始终不见回来。

马文·马西也没了消息。

> 到第四年，艾米莉亚小姐从奇霍请来一位木匠，让他把窗门都钉上了木板，从那时起，她就待在了紧闭的房间里。

艾米莉亚小姐的爱情之歌由此画上了句号。小说本该到此结束了，可是，麦卡勒斯在结尾却后缀了和小说文本看似没有联系的、活着的十二个苦役工。这就使小说的结尾有了扑朔迷离之感——是暗示？是隐喻？是败笔？只能由读者去思考，去判断了。优秀的小说，其理解空间是很宽广的。

麦卡勒斯的短篇小说《家庭困境》其实是丈夫马丁·麦道斯个人的困境——情感困境，精神困境。周四傍晚下班后，作为一名白领，马丁没有其他活动，开车回家了。他觉得，“他的妻子的情况，嗯——不太好”。究竟是怎么样的不太好，马丁心里自然明白。回到家，六岁的儿子和更小一点的女儿都没有吃饭。儿子告诉他，妈妈误把辣椒面当肉桂粉放进了烤面包，吃一口面包，难以下咽，面包辣得如火烧。马丁上楼去一看，妻子艾米莉“表情里有几分慌乱和内疚的神态，为了掩饰这神态，她故意做出一种轻松活泼的样子”。原来，妻子在酗酒，她的脚步蹒跚。马丁没有抱怨妻子，下楼要去做饭。在马丁的眼里，妻子“面容秀美娟丽，显得很年轻，没有一点瑕疵”。妻子执意要自己去做饭。马丁下了楼。妻子艾米莉原来没有酗酒的恶习，她从南方某个城市来到纽约之后染上了酒。她没有朋友，没有爱好，“没有酒精调剂，她内心像缺了什么似的”，马丁对妻子美好的印象因为她的酗酒而改变了，他发现艾米莉身上隐藏着一种粗俗的性格，这与她那自然纯真的天性是格格不入的。为了喝酒，她撒谎，用莫名其妙的花招来欺骗他。在他们的女儿很小的时候，艾米莉在酒醉中为女儿洗澡，竟然把女儿头磕破了。这是马丁难以容忍的事情。因为妻子酗酒，马丁曾经勃然大怒。他焦虑，预感有一种灾祸在威胁他。

马丁正在做饭，妻子从楼上下来了。妻子抱怨他，说马丁教唆孩子不爱她，说马丁收买了孩子们的心。马丁求艾米莉回楼上去，马丁不愿意当着孩子们的面和妻子争吵。艾米莉不上楼去。马丁做好了汤。艾米莉还是喝了他做的汤。最后，艾米莉很顺从地被马丁说服上了楼。进了卧室，艾米莉又有了醉意，又抱怨她的儿子嫌弃她——似乎是马丁的错。马丁没有和妻子争论，他自己怜悯自己，他从内心里憎恨妻子。马丁将两个孩子安顿睡下之后，自己给自己做了晚餐。

可是他自己的愤怒，暂时被压下去隐藏起来的愤怒，却又涌上心头了。他的青春被一个废物般的酗酒女人糟蹋掉了，连他的男子汉凌云气概也无形中受到了损害。

马丁怀着十分沮丧的心情走进了他和妻子的卧室。

固然，矛盾是来自妻子的酗酒。可是，麦卡勒斯却没有把夫妻二人的矛盾，乃至战争展开去写，没有把家庭困境用争吵，情感破裂，或者各自分飞做了断。麦卡勒斯写了马丁内心的不安和愤懑。他仇恨妻子，却只是在内心，并没有将仇恨泼洒给妻子。马丁，作为一个有教养的男子，他的内心不是那么粗糙，那么简单的，他的情感是复杂的。

卧室里一片漆黑，只有浴室半开的门里漏进

来一道光。马丁轻轻地脱掉衣服。逐渐的，不知怎么的，他的情绪上起了一些变化。他的妻子睡着了，她那安静的呼吸声在房间里轻轻地响着。她那双高跟鞋连同随手一扔的长袜在默默地向他发出哀诉。她的内衣乱七八糟地搭在椅子上。马丁拾起了她的紧身褡和柔滑的丝乳罩，拿在手里，呆呆地站了好一会儿。这个晚上第一回，他细细地端详着他的妻子。他的眼睛停留在她那秀美的前额上，还有那微微翘起的细巧的鼻子。她胸脯高高的，腰肢很细，曲线很美。在马丁凝视着他熟睡了的妻子时，他那股积了好久的怨气不知不觉地消失了，一切责怪她、埋怨她的想法都跑到了远远的地方去了。马丁熄掉浴室的灯，打开窗户。他小心翼翼地上了床，留神着不去吵醒艾米莉。他凭借着月光又看了他妻子一眼。他的手向身边的身体伸过去，在她深情而又复杂的爱里，既混杂着哀伤，也存在着欲念。

麦卡勒斯对结尾的处理，既符合马丁的情感，又符合马丁的人性。马丁对艾米莉有很深的积怨，甚至仇恨，可他们毕竟结婚七年了——这倒不是主要原因。当他仔细阅读妻子身体的时候，妻子的美唤醒了他，激发了他的欲望，在马丁蓬勃的欲望面前，艾米莉道德的瑕疵，做人的缺陷，都被庞大的人性欲望湮没了，被美的东西掩盖了。家庭困境也罢，个人生存困境也罢，在美面前，在人的欲望面前迎刃而解。由爱而欲望，由欲望而爱，这虽然不是对人性颇具新意的理解，可是，对于满腔怒火的马丁来说，第一次发觉妻子是那么美，原来，妻子的美不只是被她的瑕疵掩盖着，也被他的恶劣的心情遮掩了。马丁的欲望——人性的释放，使马丁“积了好久的怨气不知不觉地消失了”。毕竟，活人过日子是件麻烦而十分具体的事情，两口子相处时间久了，难免磕磕碰碰，难免有审美疲劳之时。马丁看得出来，妻子将精神空虚寄托于酒精的刺激。妻子精神的空虚和马丁对妻子爱欲的淡漠有关。此时的马丁，被欲望唤醒了爱情，是爱情消除了仇恨，也许，这是暂时的。因为“隐患”是永久的。性爱欲并不是爱情的全部。马丁和艾米莉的家庭困境能这样解脱吗？麦卡勒斯这篇小说的结尾，是“性爱欲永久的隐患”的开始，也是家庭困境的开始。在小说的结尾，麦卡勒斯没有把家庭困境推向极致，没有使夫妻二人的矛盾白热化，而是给情感的浪漫性，人性的复杂性，夫妻关系中性欲和爱情的矛盾性，都留下了不确定性。不确定性在于：即使夫妻关系再融洽，即使短暂的性爱也会即刻云消雾散，并不能完全化解夫妻矛盾。麦卡勒斯的作品传达的依旧是“性爱欲永恒的隐患”。也许，这和麦卡勒斯对人的信心不足，和她悲观的价值观分不开。

契弗的短篇小说《哦，青春和美！》是一篇有关爱情、婚姻、家庭的短篇小说。就题材而言，被好多作家涉猎过，可以说是写烂了的题材；这无异于在许多人咬过的苹果上自己再咬一口，而道出不同的味感来。既然题材是司空见惯的，小说出彩之处肯定是溢出了题材本身。作品一开始叙述道：一个叫卡什的男人，四十岁，他和妻子露易丝育有两个孩子，住在叫作绿荫山村的一幢中等价位牧场式的平房里。卡什年轻时就是田径运动的爱好者，这种上了瘾的爱好，如同他身上的痣一样，未曾改变过。每逢在别人家派对，或在自己的家里，卡什总是要挪了沙发，从桌子、箱子、柜子上跨过去。他的跨跳似乎已经不是一种田径运动的专长，不是一种爱好，而成为一种下意识的动作，成为调节自己情绪的方式，成为使自己从困境中解脱的出路。尽管，卡什善于田径运动，常年的运动并未使他健壮如牛，红光满面，恰恰相反，刚过四十，卡什头发已经稀疏，早上起来，双眼会布上血丝。契弗替卡什开脱："不过这些并没有减损他那种青春依旧，绝不服老的迷人特质。"我注意到，契弗将卡什的头发稀疏重复过多次，而且是妻子目光中的头发稀疏，是朋友们没有忽视的头发稀疏。这种反复强调是契弗采取的在肯定中否定的叙述方式——卡什的"青春依旧"只是卡什自己硬撑着的一个标志，并非他的形象本身，身体本质。卡什稀疏的头发和他奔跑时的跌倒相关联，和结尾时他挨那一枪相关联。契弗这一条铺垫的线压得很长，他不是仅仅为了描写人物肖像而写他的头发的。稀疏的头发仿佛是枪声未响前就嗅到的硝烟味儿。对他来说，稀疏的头发和跨跳不停形成强烈反差，极具讽刺。

卡什住的那幢中等价位的平房，以“价位”和“平房”表明了他在社会上的经济地位。卡什生意上屡屡受挫，生活捉襟见肘。妻子露易丝是一个很漂亮的女人，她的生活不仅仅是单调无味，而且日子很艰难；露易丝每天要照顾孩子们，洗衣服做饭，缝补熨烫，以至给孩子们擦屁股，爬到床底下找鞋穿，这些琐碎而具体的事情，每一样都要经过她的手。露易丝每天都疲惫不堪，这样的日子，如同一把铁刷子，将她的青春，她的漂亮，无情地刷了一遍又一遍。面对这样的生活，夫妻俩为经济拮据，为艰难处境而争争吵吵成为常态。每逢这时候卡什以酒解愁，露易丝只能扑倒在二楼的床上大哭一场，对于夫妻两人的家庭生活，契弗没有放过每一个细微之处。契弗没有设置一个情节、一个细节来表达露易丝对婚姻的不满意，对卡什的抱怨，他们虽然有争吵，似乎没有影响到夫妻关系和爱情。契弗有意识地按压住了夫妻间一触即发的矛盾，按压住了情节的剑拔弩张，按压住了人性中丑恶的那一部分。露易丝的憋屈和对生活的不满意只是在心中。契弗的按压合乎两个人的性格，合乎情节发展的需要，这样便使结尾那一枪既惊人，又平淡。假如，契弗将这夫妻俩的矛盾大肆渲染，进行到底，结尾不会有那一枪，小说必然陷入俗套。

小说的叙述时空转换到了夫妻俩结婚十七年纪念日的派

对上。一个叫哈利·法夸尔森的男人出现了，他是这两口子的邻居。他第一次拿出了一把手枪。枪响了。这一枪，是卡什开始跨跳的信号，也是结尾那一枪的前奏。如果没有这一枪，结尾那一枪就有些突兀了。随之，卡什开始跨跳，他跨过茶几，跨过靠背椅子等家具，就在他跨跳最后一个衣柜的时候，被衣柜上的雕花把儿绊倒了。卡什摔断了一条腿，他在医院里躺了两个礼拜。之后，他又去参加各种派对，他因为有腿伤不能跨跳而经常烦躁不安。跨跳，是卡什生活的一部分，是他自我证明存在的一个方式，也是他生命终结的加速器。

在参加一个俱乐部的舞会上，卡什竟然带伤跨跳了，虽然，他没有跌倒，可是，当他跨跳一毕，倒在地上，呼吸都困难了。露易丝让卡什靠在自己的大腿上，抚摸着他的头发……这个情节不只展示的是卡什身体的虚弱，尤其是从露易丝抚摸卡什那稀疏的头发的细节上，在场的人都会感到，这是一对恩爱夫妻。而我觉得，路易丝对卡什头发的抚摸，具有表演的意味，是露易丝无奈、虚伪的手势。这个细节，也是对应着露易丝在结尾的那一枪，使结尾的那一枪有了深刻的内涵。

小说很从容地走向了结尾。

卡什去朋友家喝酒。回到家以后，已经是晚上十点以后。卡什像往常一样，又开始挪动房间里的家具，又要跨跳了。契弗写道：

……露易丝在楼上，正把当期《生活》杂志上登的那些残害、灾难以及暴力死亡的场景的图片剪下来，她怕这些东西会对孩子们造成不良影响。她一直都是这么做的。卡什上楼来跟她说了几句话，然后又下楼去了。不一会儿，她听到他在起居室里搬家具的声音。然后他叫她，她下来以后，发现他正在楼梯口，脚上只穿着袜子，把手里的枪递给她。她从来就没开过枪，他给她的种种指示也没有多大用处。

“快点。”他说，“我不能整个晚上都等着。”

他忘了告诉她要先扳开保险栓了，她扣动扳机的时候，什么都没有发生。

“是那个小控制栓。”他说，“按下那个小控制栓。”然后，他因为等得实在不耐烦，已经自顾自跨过了那个沙发。

枪响了，子弹在空中打中了他。她把他给打死了。

这一枪是平淡的，因为它只是开跑前的信号枪。

这一枪是惊人的，因为妻子开枪打死的是丈夫。

这一枪是必然的，因为开跑需要信号。这个必然无可辩驳，它像浮萍一样漂在水面上，死了的卡什信服其必然性，读者也信服。

这一枪是客观的，物理性的，合情合理的。

这一枪是主观的，化学性的，它的化学反应就是人性的瞬间变化。谁能说，露易丝是故意打死丈夫的？谁又能说，露易丝不是故意打死丈夫的？

小说在前半部分做了充分的铺垫，卡什和露易丝的感情没有破裂，婚姻没有破裂，不过，露易丝的肉体和精神都承载着很大的压力，她任劳任怨，有了烦恼，只能给朋友倾诉，只能对着一杯温热的咖啡垂泪，她的内心默默地叩问：婚姻有什么意义？爱有什么意义？露易丝的那一枪真的是失手了，还是上苍给她的一次机会？那一枪将会结束她的烦恼人生？契弗给读者留下了思索、想象的空间。与其说这是小说的结尾，还不如说这是小说的开头——露易丝新的生活由此而开始了。

短篇小说的结尾决定着整个小说的质量。短篇小说，从一开初就要蓄势，无论紧锣密鼓地叙述也罢，娓娓道来也罢，平平淡淡地诉说也罢，如果，到了结尾，不来这么一枪，小说的意义就值得怀疑了。契弗短篇小说的结尾似乎有契诃夫的影子。契诃夫短篇小说的结尾大都是在情理之中，意料之外，而且形成了一种套路。契诃夫短篇小说结尾的意料之外是很明朗的，很明确的。读者读到结尾，常常不由得叹息、唏嘘、惊讶，或拍案叫好，或捶胸顿足。而契弗短篇小说的结尾比契诃夫小说的结尾更含蓄，更有韧性，更隐晦，且意味深长，刺激读者的思索。契弗用他的短篇小说再一次证明，结尾不是尾巴，结尾是火花的闪爆点。露易丝的那一枪，使这个短篇极其耀眼地一亮。然后，读者在亮光闪烁处开始思索：思索那一枪的内涵和神秘，思索人性的幽暗和复杂。

加拿大获诺奖的女作家艾丽丝·门罗的短篇小说《逃离》也是写家庭生活、爱情生活的。年轻的妻子卡拉因为得不到丈夫的爱抚，生活非常不顺心，于是，她给丈夫留了个条子，写道：

> 我一直感到需要过一种更为真实的生活。我知道在这一点上我是永远无法得到你的理解的。

卡拉留下了这个条子后，出走了，逃离了。门罗铆足了劲，做了好多铺垫，给卡拉的逃离足够的理由。可是，在逃离的过程中，卡拉产生了对未来生活的恐惧，有一种无法言说的无奈感。而且，她觉得无论在什么时候，碰见什么样的男人，只要她觉得，在她心中有一个位置，就是爱。她逃离后，能幸运地遇到这么一个男人吗？她对自己选择的逃离表示怀疑。她觉得，丈夫在她心中的位置还存在着。婚后，她追求的并不是爱，而只是性欲的满足。她突然意识到爱不是性的代言；性不能替代爱，不能替代一个人在一个人心中的位置。在作品的结尾，来了一个反转，卡拉不是没有逃离成功，而是没有继续逃离，返身回去了。卡拉的回去，既符合她的生存境况，也符合她的性格——她的心理是十分矛盾的，也很无奈，她对逃离后的生活没有把握，没有信心，至关重要的是她对丈夫的爱情之火并未熄灭。她的逃离使她成熟了，她明白，婚姻由协议维持，爱情因忠诚而存在。结尾的反转，是小说的主题所决定的：生存环境可以逃离，爱是无法逃离的。

无疑，小说的结尾，是根据作品的内容而设定的。英国作家约翰·福尔斯的长篇小说《法国中尉的女人》是一部以维多利亚中期为背景的小说。这是一部以贵族青年查尔斯和资本家的女儿欧内斯蒂娜以及家庭女老师莎拉的情感纠葛为主线的小说。这部小说，福尔斯设置了三种不同的结尾，给查尔斯虚构了三种不同的结局。这样的结尾，人为痕迹很明显。我们并非就要接受这种结尾方式，可是，福尔斯用他的创作实践证明，小说的结尾并没有固定的方式，作者可以根据小说的内容去构建不同的、精彩的结尾。我们赞赏的是福尔斯敢于探索和创新的勇气。契诃夫式的小说结尾不是唯一的。同时并列两种或三种结尾，不是猎奇，而是别出心裁，算是结尾的一种。

劳伦斯的短篇小说《玫瑰园中的影子》讲述的是有点苦涩的情感小说。小说中的影子，既是男人的身影，也是女人心中的阴影。这个阴影烙印在女人的心中已有很长时间了，更如一块硬核，卡在女人的喉咙，如果这个硬核不吐出来，女人痛苦难受；一旦吐出来，伤了自己，也伤了丈夫。这个被阴影笼罩住的女人就是弗兰克年轻的妻子。

弗兰克和妻子一同去海边度假。一天清早起来，夫妻俩不约而同地走进了别墅旁边的花园。弗兰克觉察到，妻子不愿意和他同行，就把话挑明了。他问妻子，是不是来花园会见一个人的。他的妻子告诉弗兰克，她是来看花的，不是来见人的。既然夫妻俩都把话说到了这个份儿上，弗兰克大概觉得跟踪妻子或者硬是尾随她，很没趣，于是，就任妻子独来独往。女人装模作样地来到了一丛玫瑰花跟前，她刚坐在花丛中的小椅子上，还没有坐稳当——

> 一条影子穿过她的身前，使她吓了一跳。在她眼前出现了一个人。那个人穿着拖鞋，悄无声息地走过来……她看见了他，顿时全身无力，倒在了椅子上……

这是一个军人模样的年轻人。这个人一语未言，可是，女人却局促不安——

> 动弹不得，看见了他的手，小指上戴着那只她熟悉的戒指，她觉得自己要晕过去了。
>
> 因为他的那双手，她的狂热爱情的标志，现在正放在他健壮的大腿上，使她心中充满了恐怖。

女人在曾经和她的情人约会的这个花园里，碰见的并非只是一个阴影，而正是她昔日的那个情人。女人和情人没说什么，飞快地离开了这个花园。

女人神色慌张地回到了房间。

女人无法掩饰自己的神情。她怎么面对丈夫呢？弗兰克觉察到妻子的神色不对头，看出了女人心中有事，却偏偏要追问到底，要妻子把心中的秘密抖出来。这是一个尴尬的局面。丈夫的追问将女人逼到了墙角，逼到了人性和道德选择的岔口。女人该怎么办？女人宁愿背负着道德的债务，也要给美好的人性一个出口，不愿意将它捂死。女人坦坦荡荡地告诉丈夫，她在花园里看见了昔日的情人，而且把情人现在的境况如实告诉了丈夫：原来，女人的情人是性情中人，他在服役的时候和上司闹了矛盾，上司为了报复他，将他发派到非洲去服役。据说，他战死在了非洲。结果，他没有死，成为一个精神病人。妻子说出实情之后，丈夫怎么办？女人本来就对丈夫没有感情，不喜欢丈夫，很厌恶他，弗兰克心怀叵测的追问，使女人更加讨厌丈夫了。两个人的婚姻是否走向了终结？

在小说的结尾，弗兰克知道妻子曾经有一个情人之后，痛苦得快要发狂了。

站在那里，注视着她。他终于意识到，他们之间的裂痕有多深了。她依然盘腿坐在床上。他却没有去靠近她。他俩不管谁接近谁，都会惊扰对方。只有等待着自行解决。他们两人都受到如此强烈的震动，以至他们不再心潮汹涌，不再仇恨对方了。过了几分钟，他离开她走出去了。

不再仇恨对方，是什么样的情感呢？我们已经没有必要探究这对夫妻的未来了。不再仇恨就是相互视为路人，两个人的婚姻到此该画上句号了。劳伦斯没有对女人进行道德谴责和审判，他将弗兰克的虚伪、狭隘、猥琐展示得一览无余。到了小说的结尾，弗兰克除了“走出去”，已经别无选择，而女人并没有摆脱影子——昔日情人的这种境况依旧像阴影一样笼罩着她。男女之间美好的情感总是和痛苦相依相伴的。尽管，到了作品的结尾，劳伦斯并没有明明白白地告诉读者，这一对夫妻是劳燕分飞，还是和好如初。无可辩驳的事实是：玫瑰园的阴影沉重地压在弗兰克身上。他们最终还是要喝下解脱的苦药——分手；与其相互活在欺骗中，还不如分手。也许，对于女人来说，玫瑰园中的阴影还将伴随着她，伴随她的一生。

马尔克斯是以中短篇小说创作起家，他在中短篇小说的写作中锤炼、淬火、成熟，直至写出长篇小说《百年孤独》，走上世界文学的巅峰。可以说，他在长篇小说和中短篇小说两个领域，都取得了令人瞩目的成就。

《礼拜二午睡时刻》讲述的是，一个母亲去儿子的墓地献花祭奠的故事。小说篇幅很短，只有几个镜头。小说的进行时只是压缩在礼拜二上午十一点左右至下午三点左右几个小时之内，其空间也只是火车上和小镇的墓地内外。一个比较完美的短篇小说大都遵循时间短空间小的原则。短篇小说的时空关系如果处理不得当，就会使作品质地变色。

女人是带着她的小女儿上了火车的。

> 小女孩十二岁，这是她第一次出远门，那个女人眼皮上青筋暴露，她身材矮小孱弱，身上没有一点儿线条，穿的衣服剪裁得像件法袍。要说是女孩儿的妈妈，她显得太老了。

从女人的形象、服饰上就可以窥见她过的是什么日子，处在怎样的生存环境中。作者只是淡淡地虚写了几笔，就把一个女人的生存状况呈现出来了。女人和她的女儿下了火车的时候，已经是下午两点了，小镇上的人们都在午睡之中。她要去墓地给儿子献花，就要去找神父，神父掌握着打开墓地门的钥匙。神父此刻也在睡午觉，神父的妹妹告诉女人，叫她三点以后再来。她跟神父的妹妹说，下午三点半以后，回去的火车就开了，她三点以后赶不上回去的火车了。这可怎么办？在女人和神父的妹妹说话之际，神父起来了。神父将墓地门上的钥匙给了女人。女人的儿子怎么会死在异地他乡？原来，女人的儿子是上个礼拜天凌晨去一个老太太家行窃时，被老太太开枪打死的。在那个国家，私人宅第是不能随便闯入的。自己的家，自己说了算。风可以进，雨可以进，任何人不能随便进。老太太打死女人的儿子，没有触犯法律，女人有苦无处诉。尽管女人的儿子饿得不行，只是为了一口饭吃，才进了老太太的家，还是被老太太打死了。用女人的话说，她的儿子是一个非常好的人，并不是一个惯偷。对于饥饿的人来说，生命不过是一个面包一个马铃薯的价值。神父也只能为这个不幸死去的人惋惜。在作者笔下，神父和他的妹妹都是很善良的人。女人拿到钥匙，还没有走出神父的院门，小镇上的人们都涌向了街道。神父担心小镇上的人们对女人产生误会，而使这母女俩发生不测。在小说的结尾，马尔克斯写道：

> “人们都知道了。”神父的妹妹喃喃地说。
>
> “那最好还是从院门出去。”神父说。
>
> “那也一样。”他妹妹说，“窗外面尽是人。”
>
> 直到这时，那个女人好像还不知道出了什么事。她试着透过纱窗往街道上看，然后从小女孩手中把鲜花拿过去，就向大门走去。女孩跟在她身后。
>
> “等太阳落山再去吧。”神父说。
>
> “会把你俩晒坏的。”神父的妹妹在客厅深处一动不动地说，“等一等，我借你们一把阳伞。”

“谢谢。”那个女人回答说，“我们这样很好。”

她牵着小女孩的手朝大街走去。

几句对话，将神父和他妹妹的慈悲善良，将女人的从容淡定活灵活现地展示了出来。在小说的结尾，马尔克斯留下了诸多悬念：女人是否会胜利地打开墓地的门祭奠儿子？小镇上的人们会因为这个女人是小偷的母亲而为难她吗？会对她采取暴力行为吗？神父和妹妹会出面阻拦小镇上的人们吗？不然，神父的妹妹怎么会说，“人们都知道了”。神父怎么会说，“那最好从院门出去”。神父和妹妹的担忧已经是在暗示可能会发生什么，马尔克斯没有多写一句，他留下的空白，只能由读者去填补，这样的结尾，似乎是小说的开头，提出悬念，等待回答之时，却没有回答，任由读者去想象。

在这个短篇中，马尔克斯留下的空白不止一处：女人的儿子是怎么行窃的？而那个老太太是怎么开枪的？她是故意的，还是意外？她打死了一个孩子之后，是什么样的心态？等等。许多空白都需要读者来填充。一个好的短篇小说不在于写了什么，而在于没有写什么。作者必须明白，什么不应该写，而不是只知道要写什么。马尔克斯给读者呈现的只是母亲去祭奠儿子的过程，只是礼拜二午睡时刻，在这个简短的过程中，母亲、神父、神父的妹妹这三个人物的形象已很清晰，精神面貌一目了然。这就够了。看似冷静乃至冷漠的叙述中蕴藏着火热的情感——对普通人的怜惜和同情。除了哀其不幸，还是哀其不幸。再多的叙述，未免跌入控诉的陷阱。马尔克斯深谙短篇小说创作之道。

在我的阅读经验中，往往一部好的小说已经读到了最后一页，还想翻过书页，想再看下去，还想知道，接下来故事还会怎么发展。好的小说的结尾，仿佛是开头——开始展示新的场景，有新的故事在等待着读者。

第十章　细节

无论在中短篇小说，还是在长篇小说中，一个好的细节，往往具有四两拨千斤的作用。一个好的细节，也许只有几句话，几十个字，其内涵往往用几百字、几千字也说不尽。

国外的小说大师很重视细节的描写。

在肖洛霍夫《静静的顿河》中，就有这么一个令人回味无穷的细节。

葛里高利第一次上战场，举起马刀，一刀将一个奥地利士兵头盖骨劈成了两半。接下来，作者是这么写葛里高利的：

> 葛里高利看着他的脸，就像是黄土色的冰冻的圆团子。他松了马缰绳，自己也不知道为什么走

到那个被他砍死的奥地利士兵跟前去。奥地利士兵就躺在一带很美丽的铁栅栏围墙的旁边，他把一只棕色的脏手巴掌伸出去，很像是向人乞讨一样。葛里高利对着他的脸看了看。他觉得这张脸很小，虽然他留着下垂的小胡子，还生着一张受尽痛苦的（也不知是由于疼痛，还是由于过去的不快的生活）、歪歪扭扭的粗糙的嘴，但是看起来差不多像是小孩子的脸。

可以说，这个细节，写出了葛里高利复杂的性格。在战场上，是你死我活的较量，人的恶、人的兽性必须发泄得淋漓尽致。不要说为了谁打仗，善心也许换来的是生命的失去，心慈手软不是一个好士兵。葛里高利第一次杀了人，面对被他杀的奥地利士兵，他砍杀时的恶和狠暂且睡去了，苏醒了的是人性，他下了马，走到奥地利士兵跟前，他面对的是一张痛苦的脸，一张小孩子的脸。这张脸强烈刺激着他，呼唤着他，他的恶行就写在这张脸上，战争的残酷就写在这张脸上，也许，几天以后，几月以后，他的脸会像奥地利士兵的脸一样搁置在土地上，看也没人看。年轻的哥萨克此时心中是什么滋味呢？当一个军官喊叫他的时候——

他的脚步又乱又沉，就像肩上扛着一种不能胜任的重负似的，憎恶和疑惑的心情揉碎了他的灵

> 魂。他把马镫抓在手里，半天也抬不起那只沉重的脚。

此时的葛里高利憎恨的是自己，一个鲜活的生命于一瞬间就被他熄灭了，他的举动是恶行还是善行？他对自己表示怀疑——这是一刹那间的心灵顿悟。正是这个细节，写出了葛里高利良知尚未泯灭的一面，写出了人性复杂的一面。

在生与死的战场上，最能考验人性了。这个细节，不只写出了葛里高利性格良善的一面，同时，也使他看到了战争的本来面目，而且给后来他的性格变化铺下了基石。经过善与恶在内心的好多次较量，葛里高利最终回到了顿河岸边的家。

契诃夫特别注重小说中的每一个细节。他说过，如果要拿手中的枪去打人，首先要叫枪挂在房间里的墙上。他的短篇小说《渴睡》讲述的是一个小保姆的故事。这个小保姆叫瓦尔卡，年仅十三岁。她被主人家的娃娃折磨得彻夜不眠，她最大的愿望是能睡一夜安然觉。她发觉，她的敌人就是那娃娃，是那娃娃不让她好好地睡觉。在作品的结尾，契诃夫写道：

> 瓦尔卡笑着，挤了挤眼睛，向那块绿斑摇一摇手指头，悄悄地走到摇篮那儿，弯下腰去，凑近那个娃娃。她掐死他以后，就赶快向地板上一躺，

高兴得笑起来，因为她能睡了；不出一分钟她已经睡得跟死人一样了……

小保姆的两次“笑”、一次“掐”写出了她天真而愚昧的性格，也注定了她的命运。作为穷人家的孩子，掐死了主人的娃娃，将面临的是什么，尽管契诃夫一字未再写，读者已经明白了。

所谓细节，就是情节中的一个部分，是情节中有力的节点和筋骨。在情节中，细节有以一当十的作用。细节的特征，一是含蓄；二是包容量大；三是以极简的文字展示了事物的本质和人物性格的复杂性。细节也是刻画人物形象中最得力最丰满的一笔，一个好的细节，可以使人物性格由单一而变复杂，——要完成英国作家福斯特所说的“圆形人物”，贴切、恰当而又惊人的细节会添彩增色的。

福楼拜的《包法利夫人》，开篇之后，对夏尔·包法利的帽子进行了细致的描写：

他那顶帽子可是颇有特色，既像熊皮帽，骑兵盔，又像圆筒帽、水獭皮鸭舌帽和棉布睡帽，总之不三不四，十分寒碜，它那不声不响的难看样子，活像一个表情莫名其妙的傻子的脸。它呈椭圆形，里面用鲸鱼骨支撑；帽口有三道环状绲边，往上是由丝绒和兔子皮镶成的菱形方块，彼此交错，中间有红道隔开；再往上，是口袋似的帽筒和硬纸板剪成的多角形帽顶；帽顶蒙着一块图案复杂的彩绣，中间垂下一根过分细的长带子，末梢吊着一个结成十字形花纹的金线坠子。那顶帽子倒是新的，帽檐闪闪发光。

作者对于包法利头顶上这顶帽子的描写十分细致，十分具体。福楼拜为什么要用这么多的文字去描写包法利的帽子？这个细节的意义何在？关于这个细节，好多评论家、作家阐述过不同的见解，有的认为，它是一种象征性，究竟象征什么，也廓不清；有的认为，帽子就是帽子，这个细节并无具体的所指；有的认为，帽子掉在地上，被包法利又捡起来，是他的命运跌宕起伏的隐喻和暗示。在中国古典小说中，对人物服饰穿戴，不厌其烦地描写，是对人物身份地位的定位，指向非常明确。福楼拜对夏尔·包法利的出身、家境已经作了交代，因此，不必用一顶帽子来确定他的身份。我以为，作品一开始，福楼拜之所以如此详尽地描写包法利的帽子，是对包法利性格轮廓的一个婉转的展示。因为，接下来，福楼拜写道：

新生站起来，帽子掉了，全班笑开了。

他俯身去捡帽子，邻座的同学用胳膊肘把它捅到地上，他再次弯腰才捡起来。

“放下你的战盔吧。”风趣的老师说道。

同学们哄堂大笑，窘得这可怜的孩子不知道该把帽子拿在手里，扔到地上，还是戴在头上好。他又坐下，双手放在膝盖上。

从上面这几段对帽子的描写中，我们可以读出，包法利从小就是一个十分乖巧、缺少个性、没有主见、麻木迟钝的人。如果他是一个有个性的孩子，当邻座的孩子把他的帽子捅到地上去，他立时就表示出不满或愤怒，或者去和邻座较量。帽子不比鞋袜，欺负帽子就等于欺负本人，当老师奚落了他一句之后，他竟然不知所措了。他的犹豫不决，他的窘迫，展示了他性格上的软弱和毫无主见，也同时表明，他不是一个自尊心很强的孩子。

因此，这个细节，不是什么象征，也不是没有意义，而是包法利性格的基本定位。

卡尔维诺的短篇小说《一个士兵的奇遇》，可以说，全是用一个又一个细节串缀在一起的。步兵托马格拉上了火车，恰巧和一个漂亮而丰满的女人坐在一起。这个士兵想接近女人，却又不敢贸然行动。卡尔维诺多次写到了腿——士兵的腿。“腿”这个细节，传达了士兵的心理：

隔着这布料和那纱，士兵的腿就贴着了她的腿，这动作温柔而又短促，好似鲨鱼的相遇，他血管中涌动的波，就这样又涌向了她的血管。

这种小腿的相会很是宝贵，但造成了一个损失：事实上，他身体的重心转移了，而两半臀部的轮流支撑却不再像先前那样地放松。

他又用自己这个拳头般的小腿肚子，冲过去敲击女人的小腿肚子，就好像他的小腿肚子里有只手要打开一般。

火车在奔驰，车厢的旅客昏昏欲睡，唯有这个士兵兴奋不已，他悄无声息地用一条腿和女人交心，去勾引女人，向女人进攻，以至获得了阶段性胜利——把手伸进了女人的衣服底下，触摸到了他想要触摸的。腿和腿无声地交流，无异于口对口，心对心，这是两条能“说话”的腿。这个细节风趣幽默，不动声色地展示了一个士兵面对他所爱慕的女人的果敢、勇敢，对异性不可抑制的渴望，甚至有点无耻的举动；女人默默地配合，使士兵陷入尴尬的境地，显得有几分可爱。这一男一女没有一句对话，卡尔维诺没有对他们的性心理进行剖析，不用意识流，不用心理分析，仅仅几个细节，就活灵活现地展示了这个士兵的心理。同时，这几个细节也推动着小说的进展。

一个好的细节就会展示人物性格的一个侧面。英国女作家爱丽丝·默多克的长篇小说《大海，大海》中，主人公查尔斯有一个堂弟叫詹姆斯。詹姆斯是一个退役军人，他为人处世很有理性，但又十分善良，且善解人意。在查尔斯和詹姆斯的一次交谈中有一个细节，作者是这么叙述的：

我看着詹姆斯暗下来的脸。他背对着油灯坐着。透过窗帘缝隙可以看见，虽然已经黄昏，天空依然光亮灿烂。詹姆斯微微一笑，就像他先前放走苍蝇时的样子。这时另一只苍蝇停在他的手指上。那只苍蝇先是梳洗前足，然后用前足有力地揉擦头部。然后它停止梳洗，与詹姆斯对望。

作者在前面已经叙述，一只苍蝇蹲在窗户上，詹姆斯非但没有拍死它，反而打开窗户，给苍蝇放了生。而这一次，苍蝇在他手上悠然自得，他却无动于衷，一副慈悲的样子。从詹姆斯“对待”苍蝇的态度中，读者就可以知道，他的性格面貌的一角。这样一个细节，其力量胜过篇幅不短的一个情节。想想看，一个连苍蝇也怜惜的男人，其性格上的软弱毋庸置疑，情感的脆弱不言而喻。

美国作家克雷格·诺瓦的短篇小说《醉赌鬼而已》中有这么一个细节：夏尼是个穷小子，他的主人皮埃尔是个骗子，喜欢吹牛，爱钱如命。皮埃尔给夏尼吹嘘时——

夏尼吸了根烟，想着成堆成堆的食物，他眼前出现了成垛的大米，跟火山一样高。他的烟都烧到烟蒂了，手指给烫了一下。

被烟烫了手，他竟然没有知觉。这个细节，足以说明，夏尼在皮埃尔吹嘘时的全神贯注，夏尼完全被欲望主宰着，为了钱，什么事都可以做。从这个细节中也可以看出，夏尼不是走正道的人，他和皮埃尔合伙坑害哈罗是情理之中的事情。

在理查德·耶茨的短篇小说《一点也不痛》中，有一个微不足道的细节，是一张照片：

麦拉的眼睛四处逡巡，最后落在床头柜的相架上，一张放大了的快照，是他俩结婚前拍的。那是在密歇根州她妈妈家后院拍的。

麦拉到了病房，一看丈夫瘦骨嶙峋，失了人形，她伤心中未免绝望。正是这张夫妻二人的照片，使她对丈夫顿生怜爱之情，这张照片，把她带回了甜蜜的时光。而丈夫已经在死亡的边缘挣扎，在医院病房的床头柜上依旧摆放着他和妻子的合影，说明他对妻子的情感有多深，说明他对活着的渴望——他毕竟还年轻。也正是这张照片击打着麦拉的感情，使她对她的情人杰克感激中，有对丈夫的愧疚，可以设想，即使她从医院出来，投入情人的怀抱，她的激情不会像充了气的气球那么饱满的。

雷蒙德·卡佛是美国的短篇小说大师。他尤其注重短篇小说中细节的描写。他的短篇小说《他们不是你的丈夫》讲述的是两个年轻的穷白人的故事。厄尔·奥伯是一个失了业的推销员，他的妻子多琳晚上在镇上一家通宵咖啡屋当招待。也许，厄尔失业后无所事事，多琳晚上上班的时候，厄尔跟随着她。厄尔突然发现：

> 她（多琳）拿着把勺子，弯腰去舀桶里的冰淇淋。白色的裙子一下子贴在了她的臀部，并沿着她的大腿慢慢往上滑，露出了粉色的紧身褡和结实、灰白的大腿，上面有些毛茸茸的细毛，血管毕露。

进入厄尔视野里的是工作的妻子多琳，有两个细节：白色的裙子，结实、灰白的大腿。正是这两个细节触动了厄尔。他以为，由于妻子的肥胖，白色的裙子才没有包裹住妻子结实、灰白的大腿，妻子裸露的大腿算不上跑光，但有伤于他的尊严。厄尔把尊严看得和生活本身一样重。于是，他吩咐妻子减肥。生活本来很拮据的一对年轻的穷白人，为了尊严和自尊开始筹划减肥了。多琳由于减肥而脸色苍白，显出倦态。多琳减肥后，依旧去那个夜店上班，厄尔依旧跟随着多琳。白色的裙子还是没有包裹住多琳的大腿。多琳工作的时候，白色的裙子还是会爬上她的大腿。厄尔以为，此刻，男顾客会用目光咬住多琳的大腿，可是，男顾客却半眼也没看多琳，厄尔和多琳反而被一同上班的服务员视为“怪物”。小说到此结束。卡佛不仅刻画出了一个穷白人猥琐的形象，不动声色地抨击了他心胸狭窄的小人心态，而且，对厄尔多余的自尊进行了嘲讽。生活在继续，活着才是硬道理。多余的自尊只是自我折磨。在艰难生活中磨炼过的卡佛对此深有体验。卡佛的《大教堂》的主旨是神圣和纯洁不是外在的，是心灵中的东西。小说用第一人称讲述，讲述者是女人的丈夫。女人被一个盲人雇用，帮盲人读书，尔后，和盲人成了朋友。盲人来女人家里做客，女人和丈夫接待了盲人。晚上，女人换上了睡袍。卡佛在此，用了这一个细节：

> 我真希望我老婆就这么精疲力竭地睡着了。她的头仰靠在沙发后背上，嘴张着。她的身子侧了过来，睡袍从腿上滑开，露出了丰满的大腿。我伸手把她的睡袍拉上盖住她，就在这时，我瞟了瞎子一眼。见鬼！我把睡袍又给掀开了。

用睡袍盖住女人的大腿，又掀开睡袍，让丰满的大腿露出来。这个细节既搞笑又深刻。一盖一掀，两个动作将丈夫的小心眼儿揭示得一览无余。当丈夫用睡袍盖住妻子大腿的时候，似乎忘记坐在女人跟前的男人是瞎子，当他意识到自己的愚蠢之后，又害怕女人责备，给她掀开了睡袍。从瞎子未来家里之前和到家里之后，丈夫就一直对妻子心存芥蒂，怀疑女人的忠诚，又无法言说。这个细节虽然只有两个动作，却写出了这个男人的心胸狭窄和龌龊。这就是细节的魅力所在。

当然，好的细节，令人拍案叫绝的细节往往能超越人的想象。在陈忠实的《白鹿原》中，长工黑娃一直渴望有一块糖吃。后来，闹农会，黑娃面前有几大包糖。按照常理，黑娃得到了糖，应当饱食一顿，然后，再尽最大力气扛上一包，扛回家。可是，作者笔下的细节，却令人惊叹：黑娃不仅一口糖也没有吃，而是掏出来，在糖里面撒了一泡尿，转身走了。这个细节，把黑娃的心态写绝了，写活了。孙犁的短篇小说《荷花淀》中有一个细节：水生的媳妇正在编席子，水生来告诉媳妇，他要上前线去，媳妇没有做出回应，作者只写了一个细节——席篾子把水生媳妇的手划破了。这个细节，足以写出水生媳妇复杂的心情。这样的细节，后来被许多作者改头换面地抄袭沿用。毕竟，这个细节太庸常，没有把女人的心态推向反转的极致。

意大利获诺奖的作家皮兰德娄的《西西里柠檬》，是短篇小说的杰作之一。小说叙述乡村长笛手到一个叫作那不勒斯的城市去探望他的未婚妻苔莱季娜的遭遇。苔莱季娜和乡村长笛手密库乔同处一个村子。苔莱季娜喜欢唱歌，有天赋。可以说，密库乔是苔莱季娜的伯乐，只有他对苔莱季娜的价值有充分的认识。他全力支持、扶持苔莱季娜，毫不犹豫地把“教父遗留给他的一点财产变卖了，送苔莱季娜到那波里去接受教育”。苔莱季娜成功了，成了一名著名的歌唱家。可以说，没有长笛手密库乔这个音乐家的指导、扶持，苔莱季娜不可能成功，不可能走向大的舞台，走向繁华的城市。依旧生活在乡村的长笛手密库乔带着西西里的柠檬去看望城市里的未婚妻（他俩已经正式订婚）苔莱季娜。小说由长笛手进入城市，去找苔莱季娜切入。而长笛手密库乔的遭遇令他寒心，苔莱季娜的用人势利、傲慢，知性而善良的苔莱季娜的母亲马尔塔大婶忧伤、悲愤，苔莱季娜冷酷、无情。只有马尔塔大婶明白，她的女儿苔莱季娜已被上流社会俘虏，变得奢华而冷漠，她不可能和密库乔同路了，她劝密库乔回到乡村去，好好过日子。果然，密库乔也只见了苔莱季娜一面，苔莱季娜就溜走了。长笛手该怎么办？他是什么样的心情？作者只写了一个细节，就是密库乔的“哭泣”：

> 他提起手提包便走了……他走到正门，看到正在下倾盆大雨。他已经打不起精神冒着这么大的雨走在这陌生的街道上。他悄悄地返回来，登上一层楼梯，然后在第一级上坐下，支起两只胳膊，头垂在两只手上，悄悄地哭起来了。

漆黑的夜晚，面对倾盆大雨，长笛手的哭泣，哭出了他的全部情感，他孤单、失望、沮丧，他被侮辱，被打败，心中有锥刺般的疼痛。为了苔莱季娜的成功，他付出的不只是财产，他付出的是汗水，是情感，是心血。可是未婚妻的成功，对他来说却是致命的打击，无情的伤害。他除了痛苦，除了“悄悄地哭泣”，又能怎么样呢？他明白了，上流社会只接纳苔莱季娜这样的“成功者”，他属于乡村，和上流社会毫不相干。

小说结尾的一个细节，将苔莱季娜的无情、无耻、冷酷描写得淋漓尽致：

> 她（苔莱季娜）一只手捂在胸前，另一只手尽可能多地抓一把柠檬。
>
> “别哟，别拿到那边去！”母亲强烈地反对说。
>
> 可是苔莱季娜耸了耸肩，一边喊着一边跑进客厅：
>
> “西西里的柠檬！西西里的柠檬！”

苔莱季娜和她的那些上流客人喝着咖啡，吃着密库乔从乡村带来的西西里柠檬的时候，她绝对不会想起正坐在台阶上哭泣的密库乔。这个冰冷而沉重的雨夜，石头一般压在了长笛手身上，而他昔日的恋人把西西里柠檬填进口中，仿佛在咀嚼着他那颗冰冷的心。

莫泊桑的《项链》是世界名篇。可以说，这个短篇小说是由环环相扣的情节和一个又一个细节编织的。玛蒂尔德第一次见到那个项链的细节给她以后的命运埋下了伏笔——

突然，她在一个黑缎子的盒子里发现一串钻石项链，光彩夺目。一种过于强烈的欲望使她怦然心跳。她的手攥着它的时候直打哆嗦。她戴在脖子上，衬在袍子外面，对着镜子自我欣赏得出了神。

然后她欲言又止地、十分胆怯地问：

“你可以借给我这个吗？就借这一样。”

“当然可以啦。”

她扑过去搂住了朋友的脖子，激动地吻着她，随后带着宝贝一溜烟跑了。

玛蒂尔德第一眼看见那个项链的心理状态，通过“怦然心跳”“直打哆嗦”“自我欣赏”展示了出来。她对项链的喜欢、向往、渴望是赤裸裸的。当然，这也无可厚非，作为一个年轻女人，希望把自己打扮得漂亮一些，是没有什么可指责的。从这个细节中，可以看出她的迫切和朋友的平静形成了很大的反差；而玛蒂尔德一点儿也没有觉察出朋友的平静和平静中的内涵，这就说明，玛蒂尔德不仅仅是爱美，她爱的是虚荣，而且被虚荣心折磨得失态了，糊涂了。从这个细节中，莫泊桑就暗示了玛蒂尔德为了这个看似“光彩夺目”的假项链付出了青春、付出了十年的心血，是她的性格的必然，完全在情理之中。

理查德·耶茨的作品并不多，可是，他是一个对自己的作品很严苛，对笔下的每一句话都一丝不苟的作家。他的短篇小说《自讨苦吃》和《一点也不痛》一样，是写人生的失败的，小说自始至终弥漫着怆然而悲凉的气氛，主人公的人生不如意和屡屡受挫，通过一个又一个细节串在一起。小说叙述，年近四十的白人男子沃尔特·亨德森的无奈、无助和“自讨苦吃”——强装着无所谓，自己欺骗自己，到了可笑、可悲的地步。

沃尔特被公司辞退后，准备坐电梯走出公司，他在电梯口和电梯里的举动、细节，足以传达出他的心态：

> 点头、微笑、握手，沃尔特不停地说“谢谢”“再见”还有“我当然会的”；这时红灯亮了，随着叮的一声电梯到了！接下来几秒钟之内，电梯门缓缓地滑开，操作员的声音在说：“下行的。”他退进电梯里，微笑定格在脸上，朝那些热情的、表情丰富的脸轻松地招了招手，这个场景最后以电梯门缓缓合上、关紧而告终，电梯在沉默里下行。

失了业的沃尔特的忐忑、尴尬、慌乱，通过他动作的僵硬、慌张以及表情的虚假等细节，活灵活现地展示了出来。他明明是心中不安才上错了电梯，他却强装着“微笑”，他明明因为失业而痛苦，却强装着“轻松”而向工友招手。走在街道上，他——

理理帽子，动动下巴，在人行道上跺着两脚，试着让自己看上去像忙于工作，火急火燎的样子。

“理”“动”“跺”三个动词，三种动作，从这些细节上，足以看出沃尔特对于失业的不适应，对工作的迫切渴望。大半天了，他没有重新找到工作，他不愿意回家，他觉得无法面对妻子，他躲在电话亭里，在电话亭里“坐了一会儿”——

在电话亭里，他振作起来，收拾好硬币，理直领带，走在外面大街上。

天还没有黑，他不想回家，他无处可去，只能去图书馆消磨时间，在图书馆，他装模作样地拿着杂志乱翻。到了离馆时间，他走出来，在街道上乱逛。

天黑前，沃尔特还是回到了家。妻子说，他是第一次准时回家，他却说，我今晚不用加班。

他听着自己的说话声，古怪又陌生，在他耳朵里放大了好几倍，好像在一间回声教室里说话。

他躲进卫生间，躲了好长时间。吃晚饭时，他说要喝酒，他给自己倒酒时，手直哆嗦，洒出来几滴。他在妻子上菜之前，又说要抽烟，妻子问他有没有火柴。接下来，这个掏火柴的细节，确实令人伤感：

> “有。”他走过来，在口袋里掏了半天，好似给她掏珍藏的东西。
>
> “天啊！”妻子说，“看看这些火柴。它们怎么啦？”
>
> “火柴？”他盯着那一团糊里巴拉、揉成一团的纸板火柴，这似乎是无可辩驳的证据，“肯定是把它们撕了什么的，”他说，“紧张时的习惯。”

从这个细节中可以看出，沃尔特失去工作后是多么紧张不安，是多么痛苦无奈，眼前浮现出的是他大半天里的煎熬，他将手伸进衣服口袋里，对火柴盒不停地撕，揉，搓，以至将火柴盒弄为糊糊状。人即将到中年了，他失了业，妻子孩子怎么办？一旦细想，他就害怕，他为自己失败的人生买单，他承受着沉重的心理压力和精神压力，用欺骗自己和欺骗妻子来自我解压。小说结尾时的一个细节——沃尔特的几个动作，将他的沉闷、痛苦、无奈、沮丧，一下子宣泄了：

> “嗯，亲爱的——”他开口道。他的右手伸出来，摸着衬衣上的纽扣，好像要解开它，接着长叹

一声，向后颓然倒进椅子里，一只脚耷拉在地毯上，另外一只脚蜷在身下。这是他一天中做的最体面的事。“他们找我了。”他说。

沃尔特没有说，他们辞退了他，而是说，“他们找我了。”这句话，已经够伤心了。好的作家作品中的每一个细节，每一句话，每一个词都有足够的分量；这分量，恰如其分地将细节，将词语钉在纸上了。

第十一章　寓意

小说的寓意既可归入小说本体论——小说艺术的范畴，也可归入小说主题论：因为小说中的寓意往往有关小说的主题思想的浅薄与深刻，尤其是西方的有些小说的寓意本身就是小说所传达的思想。因为，寓意有两种方式，一种是某些情节、细节的寓意；一种是整部小说的寓意。在一部小说中，一些情节、细节的寓意无疑是修辞手段，是小说本体论的内容——小说艺术的一个部分。而整部小说的寓意，作者在构思的时候，立意很明确，是为了传达他对时代、社会、人生、人性的认知，而不只是艺术手段的问题了。

美国的汉学家、普林斯顿大学的教授浦安迪来中国讲学时，在题为“中国古典文学与叙事学理论”的课程里，讲到了中国古典小说的寓意问题。关于《金瓶梅》的寓意，他认为：

> 刻意把性与痛苦糅合在一起，是小说作者精心设置的重要笔墨。
>
> 性狂欢之“色”的深处，暗酝着“空”之苦果。
>
> 作者反复地告诫，要人们从声色的虚幻中觉醒过来，去领悟万事皆空之理，是为第一层寓意。与此同时，作者又使我们感到，这种说教实际听起来似乎又十分的空洞乏力，是为第二层寓意。

因此，《金瓶梅》不是一部“淫书”能概括了的，它的寓意即“色”“空”。浦安迪对《金瓶梅》寓意的解读，有他的道理，其故事背后的寓意比浦安迪解读得更深刻。我觉得，《金瓶梅》不只是叙述了西门庆和他的妻妾们的故事。西门庆只不过是一个商人，并非达官贵人，可是，他的生活却如此糜烂，妻妾成群，吃喝玩乐不说，而且上下串通，官商勾结，把一个小县城玩得滴溜溜转。明王朝已经如此腐败，从下到上都烂了，这个时代的终结将是必然的，也许，这才是《金瓶梅》的思想层面的寓意。浦安迪也认为：

> 作者通过叙事故意经营某种思想内容才算是寓意创作。
>
> 如果作者确实有意对人物和行为进行安排，

从而为预先铸就的思维模式提供基础，我们就有理由说，他已经进入了寓意创作的领域了。

浦安迪按照自己的这个观点，对《红楼梦》《水浒传》《三国演义》《西游记》的寓意问题进行了研究探讨，他认为，中国的古典小说通过讲述的故事，都隐含着各自的寓意，这种寓意是通过作者有意识地反讽，结构上的“二元补衬”等等手法的动用展示出来的。

给作品赋予寓意，是西方现代主义作家惯用的手法。可以说，卡夫卡的每一部小说中都含有寓意。比如《审判》中的主人公，他是一个无辜的人，可是，他无缘无故地被起诉，被逮捕，以致后来被判处死刑。对一个无辜者的处死，这一系列过程看似完全符合法律程序，而且程序的链条是完整的。可是，连K也不明白，他究竟因为什么罪名被处死。而《变形记》中的格里高尔·萨姆沙睡了一觉，从梦中醒来之后，发现自己在床上变成了一只巨大的甲虫。于是，他由人的生活而开始变为甲虫的生活。《城堡》中的土地丈量员，尽管费尽千辛万苦，却怎么也到达不了目的地。生活在地洞中的动物本该是安全的，可是它依旧有恐惧感。卡夫卡作品中的寓意指向几乎是相同的：这个时代是荒诞的，是没有理性的。看似冠冕堂皇，有法律，有法度，有审判，这全是骗人的，是善良的人的绞肉机。《审判》中的K和《城堡》中的土地丈量员都是绞肉机上的“猎物”。支撑社会的支柱是欺骗和暴力。所谓的法律程序越显得完善，审判的全过程越“民主”越“细致”，越是说明这架暴力机器虚伪残暴。卡夫卡对他所处的时代看得清清楚楚。用荒诞的眼光看待荒诞的事物，一切似乎呈现着常态。卡夫卡的叙述是平静的、冷静的。在不动声色的、冷静的叙述中，作品的寓意愈发有深度，有广度。卡夫卡的小说不再是再现现实，而是表现现实，表现他对现实、对时代、对人性的认知。卡夫卡是主观的，他将思想作为主人公，这一点和陀思妥耶夫斯基有相似之处。他创作的意图是明确的，他有意识地构置有寓意的情节，所以，他的整部作品是有寓意的，而不是局部的寓意。

加缪的小说和卡夫卡小说中的寓意的不同之处在于：加缪小说的寓意是人的冷漠、冷酷和麻木。《局外人》中的主人公在母亲死了以后，他照样去游泳，去和女人调情，甚至已经进了监狱，面对检察官、面对法官和陪审团，他无动于衷，想到的是摸女人的衣服，意念中是女人丰腴的乳房。即使死到临头，他依旧麻木不仁。和卡夫卡不同的是：加缪一心一意地编织情节，讲述故事，他不放弃故事的好看，讲求故事的吸引力。他将主观的寓意深藏在客观冷静的叙述中，读者只能从他的故事情节中深切地感悟到其中的寓意。

萨拉马戈的《失明症漫记》是一部意义深邃的小说，其中的寓意从小说开始贯穿到结尾。一个小车司机在十字路口停下车等待绿灯的时候突然失明了。要命的是，他的失明症具有极强的传染性，一传十、十传百，刹那间，一个城市里的人几乎都传染上了失明症，他们像囚犯一样被隔离，被囚禁，被驯服。他们生活在黑暗中，屎尿中，污浊肮脏的环境中。可怕的是，失明症患者为了生存，互相伤害，不但争夺食物，争夺生存空间，也争夺女人。抢劫、强奸、虐待发生在失明症的“患者”之间。这是一个可怕的景象，一个令人绝望的生存环境。萨拉马戈的寓意是明确的：我们都是盲人，都不愿意面对也难以面对我们生存的这个凶险而丑陋的世界；即使我们失明了，这个丑陋的世界也无法逃避，底层人的“恶”更可怕。萨拉马戈的作品的寓意和现实紧紧相扣。面对这个冷漠、残酷、荒诞的世界，除了一声叹息，除了闭上眼睛，别无他法——即使闭上眼睛也还在被欺凌折磨之中。

萨拉马戈的《洞穴》《死亡间歇》等其他作品，也都具有不同的寓意。

科塔萨尔的小说《南方高速》是一篇具有深刻寓意的小说。作者笔下的那条高速公路是我们生存环境的寓意。这条高速路拥堵了几百公里，被堵在路上的旅客们，除了无奈，还是无奈。为了求得摆脱像绳索一样捆绑着人们的高速公路，人们不但失去了耐心，变得焦虑、焦躁，而且互相倾轧，行为不堪，邪恶卑鄙。即使这样，谁也无法挣脱这条人类自己给自己修筑的所谓的现代化的高速公路，我们的出路在哪里？《高速公路》的寓意是如此深刻：我们都在这条拥挤不堪的高速公路上，谁也逃脱不了这样一个现实。如果上了这条高速公路，必然被它捆绑，被它困住，被它折磨，我们要寻找出路，必须付出沉痛的代价——即使付出沉重的代价，也未必能逃脱。这是人类的宿命。

瑞士著名小说家弗里德里希·迪伦马特的短篇小说《抛锚》和《隧道》是两篇荒诞而又寓意深刻的小说。

迪伦马特摆出一副讲故事的架势，用完全写实的手法讲述“没有可能发生的故事”，讲述十分荒诞的故事。

《抛锚》既是车子的抛锚，又寓意着人的抛锚，人心的抛锚。四十五岁的纺织品推销员特拉普斯开着他心爱的小汽车在一个小山村行进时，小汽车抛锚了。夜晚临近，他只好借住在退休的司法官家里。晚餐时，这位年过八旬的老司法官叫来了他当年的搭档检察官、律师等人模拟一场法庭审判。这看似只是一场调剂气氛的游戏，在这场游戏中，推销员扮演的是一个被告，他被推上了审判席。因为他们一边用餐饮酒一边做游戏。推销员起初认为，这只是模拟审判，只是闲得无聊的玩耍，全然不当一回事，只把自己当作一个游戏的参与者，依旧狂饮猛吃。推销员万万没有想到，司法官和检察官老奸巨猾，别有用心，他们在不断地劝酒中用诈术让推销员上钩。推销员已经处于醉酒状态，看不出这场游戏的危险性，看不出这几个人的居心叵测，看不出游戏是有人导演的恐怖剧，看不出模拟实则是陷阱，因此，在他们的诱导下，推销员一步一步走向了深渊，说出了上司的恶行，说出了他为了赚大钱如何挤掉上司，说出了他和上司妻子通奸的过程，说出了上司是如何因为被戴了绿帽子而气死的。推销员的“犯罪”是在游戏中模拟出来的，也是他主动“交代”的。在这场游戏中，推销员由不得自己而入戏了。推销员一旦“交代”了犯罪事实，司法官和检察官等人立刻变了脸，司法官不再是留他住宿的“好人”，检察官和律师不再是和他一起吃一起游戏的食客，他们显示出了职业嘴脸，为查办出了一个“罪犯”而荣耀。推销员在晚上清醒后，知道自己犯了罪，难逃法网，竟然自杀了。作者写到此处停笔，结束了小说。

这个短篇的寓意在于：对于每一个普通人来说，不可思议的事情，十分荒诞的事情，每时每刻都有可能发生，防不胜防。遍地陷阱，一不小心，就有掉下去的危险。在西方社会，司法程序看似十分公正，其实不仅有荒唐的一面，而且毫无人性，极其残酷。这残酷不只是由冰冷的司法条文、僵死的司法程序构成的，也是由国家机器上的利刃——包括法官、检察官、刽子手等人组成的。与其说这几个老朽是职业病，还不如说，长期的职业生涯已经把他们培养成一帮冷血动物，他们的灵魂异化了。他们自以为警惕性很高，为国家尽职，实质是利用国家机器制造恐怖，利用国家机器杀人。推销员和上司的妻子通奸算什么罪？即使有罪也不至于丢掉生命。这几个老朽更不该采用游戏的卑劣手段来引诱推销员上钩。

《抛锚》的另一层寓意和卡夫卡的《审判》《城堡》的寓意有相同之处——恐惧。推销员的恐惧和《城堡》中的土地丈量员、《审判》中的K的恐惧是一样的。他们恐惧的是这一套国家机器。推销员恐惧的不只是自己犯了罪，这套国家机器令他不寒而栗，竟然在游戏中可以将人置于死地。《抛锚》还有一层寓意：人是很难掌控自己的，随时有失去理性的可能。人性是有缺陷的，如果推销员不喝那么多酒，他将是理智的，不会被几个老朽引诱上钩。即使他有道德缺陷——勾引他人之妻；即使他在商业竞争中使用了不正当手段——挤掉上司，也不至于送命。《抛锚》也告诉读者，在强大的国家机器面前，人是没有能力掌控自己的命运的。

《隧道》同样是一篇内容荒诞而又寓意深刻的短篇小说。情节是这样的：一个二十四岁的大学生乘坐火车去听一堂研讨课，火车进了隧道，由于火车在隧道里时间太长——超出了平日里全程行驶的时间，这个大学生便觉得十分烦躁，不可理喻，去找列车长理论。列车长很平静地告诉他，这是常态，列车会准时到站的。大学生观察车厢里的乘客，个个神态安详，没有什么异样，只有他自己感觉到，“火车一定开得飞快，它发出的呼啸声令人恐惧”。他即使用棉花塞住自己的耳朵，也还是忐忑不安。火车一直在隧道里运行，跑不出去。至关重要的是，车厢里的乘客们脸上洋溢着喜悦，谈笑风生，麻木不仁；餐厅里也和往常一样，没有空座，照常吃喝，没有一个人感觉到危险的存在，没有一个人觉察出这并非常态，而是危机四伏的状况了。因为他们是麻木的、迟钝的，是一群没有头脑、没有思想、任人摆布的木头人，他们只相信规则，只相信火车即使晚点也会到站的。列车长也是一个糊里糊涂的人，他的职业就是由火车摆布，他同样是被异化了的人。乘客也罢，乘务员也罢，一个列车上的所有人都没有主见，没有警惕，没有怀疑，没有命运感——自己的命运已经交给了这趟列车。原来，这是一条长长的、很难驶出的隧道，火车一旦驶出隧道，灾难就临头了。况且，这一趟列车，没有火车司机。司机在进入隧道后五分钟就跳车了。于是，火车在长长的隧道中自由地狂奔，谁也弄不清究竟过了多长时间，火车最终驶入了万丈深渊，一车人的命运不言而喻。

这是一件不可能发生的事情，但却发生了——人生就是如此荒诞。迪伦马特不动声色地叙述了事情发生的全过程。作者的寓意是明确的：在这个时代，人的命运有不确定性，更难以掌控。这个时代，犹如没有司机的火车，火车跑到哪里是哪里，谁也不知道，也不想知道，他面对的不是大道如砥，而是万劫不复的地狱。作者寓意的深刻之处还在于：车内的人都懵懵懂懂、任人宰割。你将这一群人拉运到什么地方都是合理的，即使送进火葬场，也没有人觉得异样。如此麻木的人和加缪在《局外人》中塑造的那个麻木的默尔索是同类人。他们的麻木也是因为被驯服了，他们相信火车会按时到达他们所要到达的地方，他们从未怀疑过规则和制定规则的人——火车在隧道里行驶了几十个小时，他们也不怀疑其非正常性。即使火车上有司机，也同样可以驶向万丈深渊，因为，命运没有在乘客手里掌握。迪伦马特关注的是人，是人的命运，也是人类的命运。人类的希望在哪里？人类的命运是什么？也许，这才是《隧道》的寓意。

民国时期的现代派作家施蛰存将现实主义和现代主义糅合在一起，改变了文学本体的单一化。他的作品中的非理性、潜意识、神秘魔幻都具有其深刻的寓意。

施蛰存的短篇小说《石秀》是根据《水浒传》中的一个片段改编的。由于他给作品增添了新的寓意，因此，石秀帮结拜兄弟杨雄杀杨雄之妻潘巧云的情节，不再是展示《水浒传》中原来的意义——朋友情义重于泰山。石秀也不再是一个单纯的英雄好汉形象。首先，施蛰存改变了叙述角度，由客观的情节叙述变为主观的心理叙述。在石秀的心目中，杨雄之妻潘巧云不再是《水浒传》中所叙述的荡妇形象，潘巧云漂亮娟秀，是一个难得的尤物。令石秀爱慕、吃惊的不只是潘巧云的身形、五官，还有她的那双玉足，她的一双玉足是“这样素洁的、轮廓圆浑的、肥而不胖的”。潘巧云的漂亮吸引着石秀，他觉得，潘巧云是一个“美丽的小家女子”。然而，石秀暗暗在内心喜欢着、垂涎着潘巧云，却无法表示，也不敢表示。在那个时代，向朋友之妻示爱是大不义。爱慕而不能得，这对石秀来说，是一件苦闷而焦虑不安的事情。性压抑给石秀带来的是忧郁，是无法宣泄的伤痛——恨由爱生。小说的最后，石秀举刀砍杀潘巧云，不再是对朋友之情的报答，而是他压抑久了的潜意识的释放——无法获取所爱的女人就杀了她。施蛰存在短篇小说《石秀》中的寓意是明确的：不能控制的人欲可以导致人心的黑暗。什么英雄好汉？石秀不过是一具肉身，面对他喜欢的女人，其精神困境、肉体困惑无法解脱，最终，为了发泄自己的欲望，他成了杀人的屠夫。《石秀》是极具反讽意味的短篇小说——如此梁山英雄好汉，人心黑如铁。

施蛰存的短篇小说《将军底头》是一部具有现代主义精神的历史小说。

小说叙述一个将军奉命去到番地交界处的边关镇守。他的士兵镇守在边关的一个村庄里，驻扎了好长时间，也不和番兵开战。没有战争，没有疆场驰骋，士兵们便懈怠了，厌倦了，骚动不安，蠢蠢欲动，对象不是要杀戮的番兵，而是驻地的女人。他们的性苦闷，无处释放。一个士兵因为骚扰村姑而被处死，头挂树梢，以示众人。其实，将军也喜欢这个村姑。因为村姑的哥哥是武士，而将军是有头衔的，所以，他只是暗暗地喜欢村姑，却不敢轻举妄动。对女孩儿的迷恋使将军既无奈，又苦不堪言。不久，吐蕃来犯，两军开战。在交战中，将军被吐蕃将领砍下了头颅，抓在了手中。失去了头颅的将军并未倒下去，他十分迅捷地砍下了吐蕃将领的头颅，也提在了手中。将军提着吐蕃将领的头颅去见他喜欢的村姑。将军原以为，他可以得到村姑爱情的奖赏。可是，村枯却羞辱他：

> 打败仗了吗？头也被人家砍了，还不快快地死了，想干什么呢？无头鬼还想做人吗？呸！

这时候，将军手里吐蕃将领的头颅露出了笑容。在远处，在吐蕃的军营里，将军的头颅的双眼里却流出了泪水。

这是一部超现实的、魔幻的心理小说。

这部小说的寓意是多重的：将军败了，他看似败在吐蕃的将领手里，实际上是自己打败了自己，他不能战胜自己的性欲望、潜意识。人性的缺陷是很难克服的，人的本性是很难平复的。并非女人是祸水，而是人的心中有魔，这个魔压制久了，就会出来作乱。

所以，对于现代主义作家来说，寓意不再只是艺术形式——修辞手段，而是思想的构架体。

小说寓意，既是塑造人物形象的方法，也是传达深刻的主题的途径之一。不只是现代主义作家给小说中注入了寓意，中国的古典文学中的寓意也是极其深刻的，这也和当时的作家所处的时代有关。细读蒲松龄的《聊斋志异》以及四大名著，无不含有耐人寻味的寓意。这些作品是后世作家借鉴的范本。我们可以从这些作品中悟出，如何在现实中很有寓意地传达自己对时代、人生、人性的认知，如何像卡夫卡、萨拉马戈那些大师一样，写出有寓意的、极其深刻的传世之作。这也是对作家观察世界，认识世界，很智慧地传达自己认知的一个严峻的课题。

初稿：2021 年 11 月 3 日—12 月 8 日

修改：2022 年 3 月 8 日—4 月 8 日

定稿：2022 年 5 月 13 日—5 月 28 日

图书在版编目（CIP）数据

小说的艺术 / 冯积岐著. -- 北京：作家出版社，2025.6. -- ISBN 978-7-5212-3438-1

Ⅰ. I106.4

中国国家版本馆 CIP 数据核字第 2025F66Y51 号

小说的艺术

作　　者：冯积岐

责任编辑：朱莲莲　丁文梅

封面设计：李　超

出版发行：作家出版社有限公司

社　　址：北京农展馆南里 10 号　　**邮　　编**：100125

电话传真：86-10-65067186（发行中心）

86-10-65004079（总编室）

E-mail:zuojia @ zuojia.net.cn

http://www.zuojiachubanshe.com

印　　刷：河北星强印刷有限公司

成品尺寸：145×220

字　　数：132 千

印　　张：14

版　　次：2025 年 6 月第 1 版

印　　次：2025 年 6 月第 1 次印刷

ISBN　978-7-5212-3438-1

定　　价：69.80 元
